中公文庫

新装版

アキハバラ

警視庁捜査一課・碓氷弘一２

今野　敏

中央公論新社

目次

主な登場人物

ファティマ　イラン航空のスチュワーデス。イランの諜報員。
アブラハム・ベーリ　イスラエルの諜報機関モサドの一員。
李源一　北朝鮮軍情報部の協力者。
アレキサンドル・チェルニコフ　ロシア人マフィア。
セルゲイ・オレアノフ　チェルニコフの部下。

六郷史郎　秋田から上京したばかりの若者。
石館洋一　ラジオ会館ビル内にあるパーツショップの店員。
仲田芳恵　大学生。キャンペーンガールのアルバイトをしている。
菅井田三郎　菅井田組組長。
金崎　菅井田の舎弟。
小野木源三　ラジオストア内に店舗をかまえる老人。

碓氷弘一　警視庁捜査一課の捜査員。部長刑事。
沼田　万世橋署の巡査部長。
北原　万世橋署の巡査。
河本　警視庁警備部爆弾処理班（S班）の小隊長。

アキハバラ

警視庁捜査一課・碓氷弘一2

1

成田にテヘランからの便が無事到着し、ファティマはようやく十時間にもわたる勤務を終えた。彼女は空港を後にして、すぐにホテルに入った。スチュワーデスの制服を脱ぎ捨てると、まず第一にシャワーを浴びた。たっぷりとお湯を浴びる瞬間を、航空機の中にいる間中待ち望んでいたのだ。砂漠に囲まれた故国では、よほどの高級ホテルでないとこうした贅沢《ぜいたく》を味わうことができない。

疲れ果てていたので、全裸のままベッドに潜り込んだ。清潔なシーツにくるまり手足を伸ばすと思わず吐息が洩れた。たちまち眠りに落ち、三時間ほどの仮眠を取ると生き返ったような気分になった。

ホテルを出た彼女は電車を乗り継いで秋葉原へやってきた。この街はこれまでに何度も訪れたことがある。

中近東の航空会社関係者が、秋葉原に買い物に来るのは、珍しいことではない。パイロットやスチュワーデスが土産を探したり、あるいはアルバイトのためにここへやってくる。誰かに頼まれて電子部品を仕入れたり、また本国に帰って自分で商売をする者もいる。

「何と無防備な街、無防備な国……」

ファティマはペルシア語でつぶやいていた。中近東は地球の火薬庫と呼ばれている。その中近東の国から来たファティマの眼には、秋葉原が不思議な街に思える。ありとあらゆる最新技術が実にあっけなく手にはいるのだ。

ここで外国人が買い物をすることは違法でも何でもない。かつてココムという条約があり、コンピュータなどの一部の電子部品を共産圏に持ち出すことが禁止されていたが、今ではそうした条約もなくなっている。

実際に、ファティマは各国のスパイたちが秋葉原に買い物に来ることを知っていた。なぜなら、ファティマ自身もその一人だからだ。イラン航空のスチュワーデスというのも正式の身分だが、同時に彼女は情報部の職員でもあった。課報員《ちょうほういん》の訓練を受けており、有《あ》り体《てい》にいえば、女スパイだ。

冷戦が終わった今、東西のスパイ合戦はすっかり下火になり、彼らの役割はほとんど産業スパイと変わりなくなったといわれているが、今でも活発に政治的あるいは軍事的な活動をしているスパイたちがいる。中近東とイスラエルの課報部員たちだ。彼らはいまだに生き残るために戦い続けており、ファティマもその一人だった。彼女はその立場に誇りを持っていた。

いつものように、ガード下のラジオセンターやラジオストアを物色していくつかの電子部品を買い込んだ。あらかじめどういう部品が必要かは情報部の担当官から指示されていたし、彼女もある程度電子工学の知識があった。

　ラジオストアの細い通路を出て、駅前にあるラジオ会館のビルに向かおうとしたファティマは、ふと違和感を覚えた。首筋のあたりにぴりぴりした感覚がある。ちょうどアップにした髪の生え際のあたりだ。理屈ではなかった。常に警戒心を怠《おこた》らない諜報員の感覚が危機を知らせているのだ。

　ファティマは、ラジオストアの通路に戻り、店先にあるビデオを物色するふりをして周囲を見回した。外国人の姿も多い。東南アジア系、白人、中東系……。

　やがて、彼女は一人の男に気付いた。身長は低いがアジア系ではない。明らかにユダヤ系の特徴を持っている。縮《ちぢ》れた髪に大きな鼻。茶色の冷ややかな眼。その男は、通路の向こうからこちらをちらちらと見ていた。

　ファティマの訓練された眼は、その男が同業者であることを見抜いていた。尾行が下手なわけではない。事実、今の今まで尾行に気付かなかった。おそらく、成田のホテルから尾《つ》けられていたのだろう。

　モサドか……。

　ファティマは思った。イスラエルの諜報組織だ。それ以外には考えられない。おそらく、航空機がテヘランを出発するときからマークされていたのだろう。尾行しているこの男は、日本の駐在員に違いない。イスラエル大使館の職員か大使館付きの武官だ。

いずれにしろ、尾行を確認する必要があった。ファティマは、通路を出てラジオ会館のビルに向かう。広い通りを渡り、ビルとビルの間に入ると、商品の陰からそっと様子をうかがった。

男がラジオセンターの通路から姿を現した。少しも慌ててはいない。いかにも買い物に来たという足取りで、ファティマが入った通りとは別の通りに向かって歩いていく。ビルを回ってやってくるつもりだろう。

尾行に自信があるのだ。見失ったとしても、すぐに見つけだすことができると信じているようだ。通常の監視体制に過ぎないのだろう。どんなものを購入したかを上司に報告する。退屈な日常の仕事だ。

このまま尾行を引き連れて買い物を済ませても構わない。しかし、ファティマのプライドがそれを許さなかった。

あなたの尾行テクニックがどの程度のものか試してあげるわ。

ファティマはかすかに笑みを浮かべると、商品の陰から姿を現し、移動を再開した。

李源一《イウォニル》は、掌の汗を何度もズボンで拭っていた。今日この秋葉原で実行される計画が成功するか否かは、すべて彼の行動に掛かっている。日本で生まれ育った北朝鮮系の李は、ある経済団体を通じていつしか北朝鮮軍情報部のために働くようになっていた。現地エージェントだ。

本国の上層部の動きはわからない。どこでどういう話になったのか知らないが、ロシア人の手引きをしろといわれていた。それも、ロシア政府や軍の連中ではない。どうやらマフィアらしかった。

このところにわかに日本でも話題になりはじめた極東マフィアというやつらだ。ロシア人の名前は、アレキサンドル・チェルニコフ。ソ連時代にはＫＧＢで働いていたという話だ。ソ連崩壊後、ＫＧＢが解体され職を失ったチェルニコフは、極東へ流れてそこで商売を始めた。日本から中古車を輸入して売りさばく仕事だった。

その仕事が軌道に乗ると、今度は輸出にも精を出し始めた。まともな品の輸出ではない。主にチェルニコフが輸出したのは女だ。つまり、ロシア女性をホステスや売春婦として日本に送り込むのだ。チェルニコフは中古車の輸入でいくつかの船とコネクションを持っており、それを女の密入国にも使用した。やがて、中国の蛇頭《じゃとう》とも関係ができて、商売は一気に発展したということだ。

チェルニコフは常に、セルゲイ・オレアノフという不気味な男を連れ歩いているということだった。このオレアノフは要注意人物だ。根っからの殺し屋で、眉一つ動かさずに、人を殺すことができる。ナイフを使うのを得意とするらしい。バネ仕掛けで飛び出すナイフを持っているという噂だった。本当かどうかは知らない。

ソ連製のそういうナイフがあることを、北朝鮮軍情報部の連中から聞いたことがある。北朝鮮でも一部の特殊部隊に支給しているということだ。そのナイフには、特殊部隊を表すロシア語であるスペツナズの名が付けられているということだ。

チェルニコフは、大切な仕事は決して部下に任せず自分で陣頭に立つらしい。今回もそうだ。

ターゲットは、李源一が決めた。あらゆる角度から検討して、一つのビルを選び出していた。秋葉原に古くからある家電の量販店の一つで、かつては総合的な家電販売店だったが、今ではコンピュータ専門の店舗ビルを持っている。李源一がターゲットに決めたのは、そのコンピュータ専門館だった。

チェルニコフの要求が新品のコンピュータだった。それもそこそこの量を確保しなければならない。大きな店の倉庫を狙えば、商品の種類と数の両方を確保できる。プリンタやハードディスクなどの周辺機器も手に入る。搬出の用意も整っていた。

李は、野菜市場跡の駐車場にコンテナ付きのトラックを用意し、その運転席で連絡を待っていたのだ。そのトラックは、故国と深いつながりがある経済団体を通じて用意したものだった。

コンピュータ販売は利益が薄いといわれている。半年に一度は新型の機種が開発され、既存の機種は瞬《またた》く間に時代遅れになる。そうした型落ちの機種は、利益度外視のたたき売りで捌《さば》くしかなくなる。新型も激しい価格競争のために利益をぎりぎりまで削らなければならない。

しかし、それはまともな商売の話で、盗品を捌くとなると話は別だ。日本語オペレーティングシステムを入れ替える必要はあるものの、韓国やロシアでは飛ぶように売れるだろう。おそらく、チェルニコフの言い値で捌けるのではないだろうか。韓国語版やロシア語版のオペレーティングシステムに入れ替えれば、需要はさらに広がる。コンピュータは車と違い、中古というわけにはいかない。最新のスペックがないと世界の水準《グローバルスタンダード》についていけないのだ。特に、世界中がネットで結ばれる世の中になり、新しい技術やソフトウェアは、すぐにユーザーの共通の知識となる。

本国が、李にチェルニコフを手伝えと言ってきた理由はわからない。だが、おそらく、何らかの利益供与に与《あずか》るのだろう。

李源一は、もう一度掌をズボンで拭って時計を見た。祖国のために働くことに不満はない。むしろ誇りを感じている。しかし、犯罪に手を染めるとなると別問題だった。本国は、アメリカと日本を敵国と見なしている。つまり、敵国から物品を徴用しても罪にはならないと解釈しているのかもしれない。しかし、日本に住んでいる李源一にとってはそういうわけにはいかない。

しかも、ロシア人の手助けをすることに抵抗があった。

もうこんな仕事はごめんだ。

李源一はつくづく思った。

この仕事がうまくいったら、待遇をよくすると約束されていた。本国での大佐と同等の扱いになる。つまり、現場仕事から解放されることになっているのだ。これまでのスパイ活動の実績から見てそれは当然だと李源一は思っていた。

この仕事が最後だ。この仕事さえうまくいけば、危険と背中合わせの生活とおさらばできる。

李源一はそう考えて、ロシア人たちを手引きしなければならない不愉快さを我慢することにした。

2

総武線の黄色い電車が、ホームに滑《すべ》り込《こ》む瞬間から胸が高鳴り、頬がのぼせたように火照《ほて》っていた。六郷史郎《ろくごうしろう》にとって、何もかもが新鮮だった。JRの電車も、故郷の奥羽本線あたりを走っているボックスシートの電車とはまったく違っているような気がした。やはり都会的に洗練されているように感じる。

人の乗り降りも多い。戸口のそばにいると、人の流れに呑まれそうになる。東京の電車に乗ることで、史郎は興奮していた。しかし、このホームに降り立った彼の興奮は、ただ東京に出てきたというだけのものではない。

秋葉原。

今、彼は、長い間憧《あこが》れつづけた秋葉原のホームに立っているのだ。電気街口という表示に従ってホームを進み、改札を出たとき、史郎は戸惑いを覚えた。

思ったより自分が感動していないような気がしたのだ。ここにやってくることは、これまで何度も何度も想像していた。きっと実際にやってきたら、感動に震えるのではないかと想像していた。

しかし、実際にはそうではなかった。もっと感動しなければならないのではないか。史郎は、そう感じていた。自分自身の期待を裏切ったような妙な気分だった。

実際、秋葉原は小さい頃からの憧れだった。高校時代の彼は、同級生が原宿に憧れるのと同様に、いやそれよりはるかに強く秋葉原に憧れていたのだ。東京の理系の大学を目指したのも、東京に住めば秋葉原に通うことができるからという理由からだったかもしれない。

とにかく、彼はその目標を果たした。私立大学の理工学部になんとか合格することができ、上京してきたのだ。

二月に一度父親と上京し、安ホテルに泊まって部屋探しをした結果、亀戸《かめいど》駅から歩いて十分ほどのところにあるアパートを借りた。ワンルームにユニットバスがついたアパートだ。風呂なしで安いアパートを探したのだが、今時はそういうアパートのほうが珍しい。最初は秋葉原や神田のあたりで部屋を探したのだが、適当な物件がなかった。総武線を下りながら部屋探しを続け、ついに亀戸で理想的な物件を見つけたというわけだ。新築ではなかったが、荒れ果てているわけでもない。何よりバス・トイレ付きの割には家賃が安かった。

契約は三月からだったので、三月一日にさっそく東京にやってきた。そして、翌日には家財道具をそろえるよりも先に、こうして秋葉原にやってきたのだった。

改札を出て右手に行くと、目の前に広い公園のようなスペースが見えた。バスケットのゴールがいくつか見える。そこで若者たちがボールを奪い合っていた。

そのはるか右手には広い駐車場が見えている。駐車場に沿ってＪＲの高架が延びていた。その風景はどこか寒々しい。殺風景な感じがするのだ。それは、史郎が思い描いていた秋葉原のイメージとはほど遠い。感動が薄かったのは、その風景にも原因があるのかもしれない。

史郎は、駅を出ると高架に沿って進んだ。とたんに、世界が変わった。

ガード下に小さな店が並んでおり、その店先に並べられている雑多な電気製品。さまざまな風体《ふうてい》の客がその電気製品を物色している。

さらに進むと、電気製品は部品に取って代わられた。

さまざまな形の電球が並んでいる。おびただしい種類のコード類が無造作に掛けてある。店と店の間には細い路地があり、ガード下に延びている。史郎の心にじわじわと感動が忍び寄ってきた。

その路地に一歩足を踏み入れた史郎は、まさに目眩《めまい》を起こしそうだった。屋台のように小さな店がぎっしりと軒を並べている。その店頭にあるのは、あらゆる種類の電子部品だった。

そのあたりをしばらく歩き回り、やがて彼は足を止めた。

これがラジオストアか……。

　大小のトランスだけを扱っている店がある。そのとなりの店にぎっしりと並べられた抵抗器やコンデンサーなどは宝石のように見えた。集積回路の基盤を売っている店。怪しげな盗聴装置と、隠し撮りにしか使えないようなビデオカメラのアタッチメントや小型CCDカメラを並べる店も多い。

　秋葉原の電気街は、戦後の闇市から始まった。その当時の雰囲気を一番色濃く残しているのがこのラジオストアだ。

　神田須田町から淡路町にかけての靖国通り沿いの焼け跡にラジオの部品を売る露天商が並んでいたという。もともと神田の学生街に住む若者を当て込んで露天商が集まったのだが、いつしか全国の業者が買いにくるほどの賑わいになった。

　昭和二十四年に、GHQが露天商撤廃令を出したが、団結してこれに反対した結果、今のガード下に移動して商売を許されたということだ。史郎は、秋葉原に憧れるあまりこうした知識まで仕入れていた。

　ラジオストアの通路は狭く、人とすれ違うにも苦労するほどだ。しかも、店先では必ず客が商品を物色している。ビデオやラジカセといった製品を並べている店もあるが、何といってもパーツの数々が魅力的だ。

　真空管だけを並べている店などがあって、史郎はタイムトラベルをしているような気持ちになった。最新のチップと真空管が同居しているのだ。

ケーブル類をぎっしりと並べてつるしてある店もあり、その様子はそのまま美しいオブジェのようだ。もともと露天商が集まったというだけあって、各店舗の間口はおそろしく狭い。まるで煙草屋のように、商品を陳列してある台の奥に店番が一人だけしかいないという店も少なくはない。

老齢の店番も多い。電子部品と老人・老婆の組み合わせは、何とも奇妙で、何となく呪術的な感じさえする。その妖しげな雰囲気はたしかに他の商店街ではお目にかかれない。

やっぱり東京だ。

やっぱり秋葉原だ。

史郎は、興奮の度合いが次第に高まるのを意識していた。まだ、秋葉原探索は始まったばかりだ。ラジオストアを出ると、目の前には有名なラジオ会館のビルがそびえ立っている。その近くのビルにもぎっしりと小さなパーツ屋やジャンク屋がひしめいているのだ。

ラジオ会館には、大きなメーカーのショールームから小さなパーツ屋までがぎっしりと詰まっている。つぶさに見ていくと、このビルだけでも丸一日かかってしまう。

史郎は、興奮に顔を火照らせながらラジオ会館ビルに足を向けた。

石館洋一《いしだてよういち》は、朝から不機嫌だった。コンピュータゲームのソフトを万引きした中学生をつかまえ親に連絡すると、母親がやってきて逆に文句を言われた。

「息子を犯罪者呼ばわりするのか」というのだ。万引きはれっきとした犯罪だ。店長はそのことを説明したが、母親は開き直って言った。

「お金を払えばいいんでしょう？」

そう。店としては金を出されれば、それ以上文句は言えない。万引きはたしかに犯罪だが、警察ではいちいち事件にしようとはしない。子供のいたずらとしか考えておらず、届ければ店の管理が問題にされたりする。

金をもらって一件落着となったが、石館洋一の気持ちは収まらない。万引きをやった中学生にも腹が立つが、その母親の態度にさらに腹が立った。

まったく、ぶん殴ってやりたいよ……。

店は四階のコーナーにある。小さなパーツショップだ。同じフロアに大きなメーカーのショールームがあって、そこのキャンペーンガールがパンフレットを持って出入り口に立っているのが見えた。

洋一が見た限り、キャンペーンガールは三人おり、皆そろいの服装をしている。薄手のライトグリーンのジャンパーに白いミニスカート。

その中の一人が気になっていた。長い髪にちょっと広い額が特徴的だ。目が大きく、きれいな脚をしている。石館洋一は、そのキャンペーンガールでも眺《なが》めて万引きを忘れることにした。

ウィークデイの昼間で、さすがのラジオ会館もそれほど混んではいない。キャンペーンガールがいるのはメーカーのショールームとあって、なおさらすいている。彼女たちは暇そうだった。洋一も暇だった。パーツショップにやってくる客は、よほどのことがなければ店員に話しかけない。雑誌などで情報を仕入れて、目的のパーツを探すのだ。

出入り口近くに立って、洋一はキャンペーンガールを眺めていた。帰り際に声でもかけてみようか。洋一はそんなことを考えていた。どうせ、向こうだって退屈しているに違いない。

一人のさえない恰好をした若者がそのショールームのところにやってきた。ジーパンにフードのついた紺色のダッフルコートを着ている。暖房のせいか頬を紅潮させている。まだ若い。前髪が長く見るからにうっとうしい。高校生かもしれないと、洋一は思った。

そのさえない若者が、お気に入りのキャンペーンガールに何か話しかけた。

客がキャンペーンガールと話をするのは別に特別のことではない。だが、洋一は面白くなかった。まだ、心の中では万引きの件がくすぶっており、彼はひどく不機嫌だったのだ。

さえない若者は、キャンペーンガールからパンフレットを受け取り、さらにあれこれと話をしている。にやにやと愛想笑いを浮かべているのだが、それがどこか卑屈な感じがして見ている方が恥ずかしくなってくる。

彼女は、仕事だから愛想良くしているだけだ。いい気になんなよ。

洋一は、心の中でその若者に毒づいていた。


史郎が持っているパソコンは、かなり古いタイプのオールインワン型の国産メーカー品だ。最近では、地方都市でも何とかメモリなどのパーツを手に入れることができるので、ハードディスクやメモリを増設してだましだまし使っていたが、性能が限界に来ていた。最近のソフトはどれも大きなメモリとCPUのスピードを要求してくる。

東京に出たら、秋葉原で安いノートパソコンを手に入れようと考えていた。おそらく、秋葉原ならば、地方の大型家電ショップよりも安く買えるだろう。

資料を集めて、コストパフォーマンスのよいものを探そうと思っていた。もちろん、即決する気はない。これから何度も秋葉原に足を運んで、機種を選定するつもりだった。ショールームの前で足を止めたのも、最新の機種の性能を調べておこうという気持ちからだった。

ショールームの前にいるキャンペーンガールは、史郎の興奮をさらにかき立てた。彼女が東京の華やかさを象徴しているような気がした。

鮮やかなライトグリーンのジャンパーに、白いミニスカート。故郷の高校でも、女子高校生たちは短いスカートをはいている。しかし、それとはまったく違う存在に感じられた。

垢抜《あかぬ》けているというのはこういうことなのか……。

彼女が手にしているのは、最新型のパソコンのパンフレットだった。モニタが液晶で、筐体《きょうたい》がえらく小さい。デスクトップ機とノートパソコンの中間のような機種だ。

たしかに場所を取らなくていいが、ノートパソコンのほうが便利のような気がして選択の対象から除外していた機種だ。だが、キャンペーンガールに「いかがですか？　お試しになりませんか？」と声を掛けられ、そのまま通り過ぎることができなくなった。

何よりその笑顔は魅力的過ぎた。たちまち顔が熱くなるのを感じた。彼女が差し出すパンフレットを手に取ったが、そこに何が書かれているか頭に入らない。

しどろもどろになるのが恥ずかしい。田舎から出てきたばかりであることを知られたくなかった。ここで粋な受け答えの一つもやってのけるのが、都会的なやり方だと思った。史郎が知っている東京の生活というのは、テレビドラマの中の世界だけだ。

「これって、拡張性があまりないでしょう？」

史郎は、できるだけ都会的に見えるようにわざとくだけたしゃべり方をした。

「でも、場所を取りませんよ」

「たしか、CPUは、ペンティアムⅢ《スリー》じゃなくて、セレロンの333だよね。デスクトップとしては、スペックが中途半端だ」

「ゲームとかやられます？」

「いや、ゲームはあまりやらないよ」

「ならば、あまり気になりませんよ」

「そりゃそうだけど……。僕、こういうタイプの機種より、ノートを探しているんだ」

「ノートパソコンもいろいろと取りそろえていますよ。薄型軽量の最新型」

ショールームを覗いてみようかとも思った。しかし、一カ所にあまり時間を取られるわけにはいかない。秋葉原は広くて深い。メーカーのショールームより他に行きたい場所がごまんとある。

「また来るよ」

史郎は、笑顔を向けてそういうと右手を振った。そんな仕草は田舎ではやったことはなかった。彼が頭の中で作り上げた東京風の仕草なのだ。当然、それはぎごちなかったが、それほどみっともなくはないと自分では思っていた。


「オタクとオヤジばっかかね……」

仲田芳恵《なかたよしえ》は、そう声を掛けられて振り向いた。バイト仲間のサキが立っていた。彼女と同じキャンペーンガールのアルバイトをしている。同じライトグリーンのジャンパーに白いミニスカート。

仲田芳恵は大学生だが、サキはどこかのモデルプロダクションに所属しているナレーターモデルだということだ。芳恵もモデルのプロダクションに出入りしているが、本業ではない。

「それと、田舎者《いなかもの》……」

芳恵はそう言って笑った。

「今の、何?」

サキが歩き去ったダッフルコートの若者を顎《あご》で指し示して言った。芳恵は溜め息をついた。

「オタクの田舎者。ダブルだわ」

「あーあ。もう少し背が高ければ、レースクイーンも夢じゃなかったのにな……」

レースクイーン?　あんたじゃ無理よ。

「そうね。せめて、モーターショーなんかの仕事がほしいわよね。あの田舎オタク、生意気なこと言うのよ。なんか、コンピュータの専門用語使って……。こっちは、パンフレットに載っていることしかわかんないっつうの」

「にたにたして気持ちわるかったわよね。鼻息荒かったし……。話しかけられて興奮してたんじゃないの?」

「いきなりタメグチよ。ばかにしてるわ」

「どうせ、明日で終わりよ。バイト料もらってオサラバ」

「早く終わってほしいわよ」

芳恵はまた溜め息をついた。「秋葉原なんて、二度と来たくない。やっぱ、ビッグサイトのイベントよねえ……」


史郎はショールームを離れると、フロアの角にあるパーツショップに近づいた。店の出入り口に店員が立っていた。店員は、「いらっしゃいませ」とも言わずに、その場から離れてレジのほうに歩き去った。

睨《にら》まれているのではないかと思った。店員の眼が妙に冷ややかに感じられた。だが、これも東京のスタイルなのかもしれないと史郎は思った。

上京の際に、親や年寄り連中は口をそろえて言った。

気を付けろ。東京は怖いところだ。人情がなく、みんな他人から金を巻き上げようとしている。

そんなばかな、とは思ったが、その台詞《せりふ》が史郎の心の奥底に影響していて、東京の人々を警戒してしまう。田舎とはやり方が何もかも違っているという気がしてしまうのだ。

史郎は、それほど広くない店内をぶらぶらと見回った。店の中央に細長い陳列台があり、そこにはゲームソフトなどパッケージに入った商品が並べられている。店の奥の壁際にはガラスのショーケースが並んでおり、マザーボードや拡張ボード、メモリ、CPUなどのデリケートな部品、高価なパーツ類が収められている。

レジの近くの壁には、パッケージに入ったマウスやケーブル類の小物がぶら下がっている。レジ近くの店の陳列台には、箱に入った外付けのハードディスクやMO、CD-ROMドライブ、Zipといった記憶装置が積み上げられている。

店の中はすいていて、史郎の他に二、三人の客がいるだけだ。ぶらりと入ってきてすぐに出ていく客もあれば、何かを探しているのか店の中を何度も回っている客もいる。

史郎は一回りして店を出ようとした。さしあたって必要なパーツはない。だが、壁にぶらさがっているマウスのパッケージが気になった。二つのクリックボタンの間にホイールがついたインテリマウスというやつだ。このホイールを回して画面をスクロールすることができる。

値段は驚くほど安い。これは買っておいてもいいかもしれないと思った。買い物に慣れていない史郎は、そこでふと迷った。店員を呼んできて、「これください」と言えばいいものか、それを手にとってレジまで持っていけばいいものか……。

田舎でも買い物をしたことがないわけではない。最近は、コンビニもあるし大型スーパーもあり、迷う必要などないのだが、東京へ出てきたということで、異常に緊張しているのだ。

特にここは秋葉原だ。何か特別なルールがあるような気がしてしまう。そこで、史郎は店員の姿を求めて店内を見回した。店員はレジのところにいる。

ならば、これを手に持ってレジまで行けばいい。史郎は、インテリマウスのパッケージを手に取った。


あいつ、なにおどおどしてんだ……。

洋一はダッフルコートのさえない若者をさりげなく観察していた。明らかに挙動不審だ。妙に緊張しているし、あたりをしきりに気にしている。

万引きの典型的な行動パターンだ。

ふざけやがって……。

洋一は思った。

一日に何度も万引きをされてたまるか。

その若者は、お気に入りのキャンペーンガールと立ち話をしていた。それも気に障る要因の一つだった。そして、その見かけも気に入らない。紺色のダッフルコートにジーパン。中途半端な長さの髪……。

洋一は、その若者をマークした。すでに、その若者が万引きをしようとしているものと決めてかかった。逃がしてたまるか。絶対に現行犯でつかまえてやる。

史郎は、透明プラスチックのパッケージに入ったインテリマウスを手にレジに向かおうとした。そのとき、ふと積んであるMOドライブの箱が気になった。大容量の記憶装置を何か一つ購入しようと考えていたのだ。

MOドライブは、定価ではまだ五万円程度するはずだった。秋葉原ではどの程度の価格で売られているのか確かめようと思った。

箱を持ち上げたとたん、けたたましい音がして、びっくりした。すぐに店員が飛んできた。何が起こったかわからずに、史郎はすっかり度を失ってしまった。耳障《みみざわ》りな音は、史郎が持っているMOドライブの箱から発している。

史郎はあわてて箱を取り落としてしまった。その箱にくくりつけてあった小さなプラスチックの小箱が音を発している。盗難防止用の警報機のようだった。取り外そうとすると警報音を発するようになっているようだ。

「お客さん、ちょっとこちらへお越し願えますか?」

若い店員が言った。言葉は丁寧《ていねい》だが、態度は威圧的だった。

「え……、いや、どういうこと?」

「どうもこうもないでしょう。ちょっと、こっちへ……」

「いんや、箱《はご》さ持ち上げたら、急に音がしたんだ。それだけだ」

あわてて、郷土訛《なまり》が出た。それで、史郎はいっそう度を失った。

　若い店員は、右手で史郎の腕をつかみ、左手で警報装置を持った。レジのところまで史郎を引っ張っていくと、店員はキーのようなものを警報装置に差し込んで音を止めた。

　そのとき店には二人の客が残っており、その二人がじっと史郎たちのほうを見ていた。史郎は完全に頭に血が上ってしまった。うろがきている。

　レジの奥にもう一人の店員がいた。中年の店員で眼鏡をかけている。その眼鏡の店員が言った。

「どうした、石館君」

「店長、万引きですよ」

「ち、違います」

　史郎は驚いて言った。だが、それ以上は言葉が出てこなかった。ちゃんと説明しなければならないと思うのだが、頭が正常に働いてくれない。

　石館と呼ばれた店員が説明した。

「挙動不審なので、監視していたんです。そうしたら、MOドライブの警報装置を外そうとしました」

「違います。箱を持ち上げたら、突然大きな音がして……」

　石館と呼ばれた店員は、史郎を睨み付けている。はなから犯罪者扱いだった。そんな扱いをされたことがなかった史郎は、うろたえて泣き出しそうな気持ちになった。

店長は、うんざりした顔をしている。

「本当にそうなのか？　この警報装置はよく外れるんだ。あまり役に立たない。他の装置に替えようと思っていたところだ」

「入ってきたときから、おどおどしていたんですよ。しきりにレジのほうを気にしていたし……」

「違うんです。どうやって買ったらいいか考えていたんです……」

「何をバカなことを言ってるんだ」

石館が言った。「レジに持ってきて金を払えばいいだけだ」

「で、でも……、あの……、店員の人を呼んだほうがいい場合もあるでしょう。あのそういうことがよくわからなくて……」

しどろもどろになっていた。しゃべりながら、ああ、僕はなんてバカなことをしゃべっているのだろうと思っていた。

買い物の仕方を知らないやつなんていない。金を出して商品を受け取る。ただそれだけのことだ。それは、日本全国どこでも同じだし、世界中どこでも同じなのだ。冷静に考えればそんなことは当たり前のことだ。だが、その当たり前のことが、なにかの拍子にわからなくなる。

史郎の場合、東京に出てきたという緊張と、秋葉原へやってきたという興奮のせいだった。


「石館君……」

店長が言った。「言ってるだろう。万引きは店内でつかまえるものじゃないって……。店を一歩出なければ万引きは成立しない。金を払うつもりだったと言われればそれまでなんだ」

「しかし、店長……」

店長は、史郎のほうに向かって言った。

「お買い上げいただけるのですね？」

そこでまた史郎はうろたえた。

「あ、いや、ちょっと見ようと思っただけなんです」

「ほら、店長、こいつ、金なんて持ってないんだ」

「石館君！」

店長は、厳しい声でそう言ってから、史郎のほうを見た。「わかりました。商品を見ようと持ち上げたときに警報装置が外れて音が出たと、こういうことなんですね？」

「そうです」

「嘘だ」

石館は声を荒くした。「こいつ、明らかに挙動不審だったんですよ」

その言葉を聞いて、史郎は再び顔がかあっと火照るのを感じた。

挙動不審だって？　自然に振る舞っているつもりだったのに。どこがどうおかしかったのだろう。やっぱり、田舎から出てきたばかりだからだろうか……。

「もういい……」

店長が言った。「どうも失礼しました。もうけっこうですよ」

万引き扱いされて、もうけっこうですはないだろう。一瞬、史郎はそう思ったが、文句を言う気にはなれなかった。

史郎はすっきりしない気分で店の出入り口に向かった。

何だよ、もう……。

史郎は、店を出ると腹が立ってきた。

僕は何も悪いことはしていないじゃないか……。

「待て！」

そのとき、背後から大きな声がした。

店長の声だったので、驚いて史郎は振り向いた。店長は、ぐいと史郎の腕をつかんだ。

「お客様、何かお買い忘れの品物、ございませんか？」

やはり言葉は丁寧だが、それとは裏腹に態度は強硬だった。

「え……」

「その脇に挟んだものは何ですか？」

史郎は、あっと思った。インテリマウスだった。

「あ、これは買うつもりだったんです」

「ええ、そうでしょうね」

店長は、史郎の腕を放さない。ぐいと引っ張り、レジのところに連れていった。

「いや、本当に買うつもりだったんです。うっかりしていました……」

店長は、石館に向かって言った。

「いいか？　万引きっていうのは、こうやってつかまえるもんなんだ」

「なるほど……。警報を鳴らしておいて、どさくさにまぎれて本命の商品を万引きするというわけか……。やるじゃないか」

史郎は、頭の中が白くなるのを感じていた。

「本当にこれは買うつもりだったんです。いきなり万引き扱いされてすっかりあわててしまい、忘れていただけで……」

「今日は、午前中から中学生の万引きがあって、こっちは気が立ってるんだ。運が悪かったな」

石館が言った。

史郎はあわてて財布を取り出した。

「お金、払います。最初からそのつもりだったんです」

「金の問題じゃないんだよ。俺たちは万引きという行為が許せないんだ。毎日毎日、万引きとの戦いだ。金を払わせて無罪放免というわけにはいかないんだ。いっしょに警察に行ってもらう」

「そんな……。僕は万引きなんてするつもりはなかったんですよ」

店長が言った。

「現行犯でつかまえたんだ。言い逃れはできん。言いたいことがあれば、警察でするんだな……」

そのとき、店の出入り口のところで、野太い声が聞こえた。

「おう、警察とは穏《おだ》やかじゃねえな」

その声のほうを見た店長の顔が、みるみる蒼《あお》ざめていった。

3

菅井田三郎《すがいださぶろう》は、自分がその場にそぐわないことを充分に自覚していた。浅草や上野ならば大手を振って歩ける。だが、この訳のわからない秋葉原という街は苦手だった。街を歩き回っている人間たちは、人種が違うような気がする。みんな青白く、目つきが悪い。極道者とは違った目つきの悪さだ。

テレビやラジカセ、冷蔵庫といった家電を主に扱っていた頃の秋葉原ならばもっと過ごしやすかった。コンピュータに街が席巻《せっけん》されてから訳のわからない連中が往来を闊歩《かっぽ》し、ビルの中が怪しげな部品を扱う店に占領されてしまった。がらくたとしか思えないようなものをボール箱の中に放り込んである店に人が集まる。

今こうして、ラジオ会館ビルの中を歩いていてもどうにも落ち着かない。ショーウインドウに飾られているのは、宝石でも何でもない。プリント基板にごちゃごちゃと細かいものを張り付けたものだ。

いつだったか、こいつは何だと尋ねたら、マザーボードだという訳のわからないこたえがかえってきた。マザーというのは母親で、ボードというのが板だというのは知っている。

母親の板とはどういう意味なのだ？

菅井田三郎のようなれっきとした極道者に、居心地の悪い思いをさせる場所というのはきわめて珍しい。小さいながらも一家を構える菅井田は、どこにいても傍若無人《ぼうじゃくぶじん》に振る舞うことを信条としていた。

そのために極道になったようなものだ。子分どもはいつも菅井田の顔色をうかがい、彼の機嫌を損ねないことを第一に考えて行動する。菅井田のためなら、他人がどんな迷惑を被《こうむ》ろうが問題ではない。でないと、自分がひどい目に遭うからだ。菅井田にとってはそれが何より心地よい。

このところ、ヤクザもシノギがきつい。不景気の影響をもろに被るのが中小企業とヤクザだ。菅井田は古いタイプのヤクザだ。バブルの頃には、さまざまな手段で荒稼ぎをした。毎日、銀座や六本木のクラブに繰り出し、現金を振りまいて遊びまくった。

その稼ぎの多くは地上げによるものだった。ばりばりの武闘派である菅井田は、手荒なことが得意だった。この世で一番説得力があるのは暴力だと信じており、ヤクザも武闘派こそが本物だと思っていた。その頃台頭しはじめた経済ヤクザを鼻で笑っていた。

しかし、バブルが弾けてみると、生き残っているのはその経済ヤクザたちだった。武闘派は、政治結社を隠《かく》れ蓑《みの》にして右翼政治家から金を恵んでもらったり、ボディーガードのまねごとをしたりで細々と稼ぐしかない。麻薬に手を出したり、海外からの不法滞在者を食い物にしている連中もいるが、どれも安定しているわけではない。

菅井田も、シノギの話がなければこんな街にやってきたくはない。久しぶりに地上げの話が舞い込んだ。それもけっこう羽振りのいい話だ。この不景気の折、国内では地上げの話などそうそうあるものではない。

親の筋から頼まれた地上げだが、やはり元をたどっていくと、アメリカの企業の要請があり、それが回り回って菅井田のところまで降りてきた話のようだった。

何でもアメリカのソフトウェアの会社だということだが、それがどんなものを作っているのか菅井田にはわからない。だいたい、ソフトウェアという言葉からしてよくわからないのだ。

そのアメリカの会社の社長が、えらく秋葉原にご執心なのだそうだ。どうしても、直営店を秋葉原に置きたいのだという。それも、ラジオ会館がいいというご指定だった。この不景気の時代になぜかラジオ会館に空き家はない。新宿にも渋谷にも六本木にも銀座にも、それこそどこにだって借り手のないスペースがある。ビル丸ごと空き家というところだってあるのだ。

なのに、そのソフトウェア会社の社長は、秋葉原のそれもラジオ会館にこだわっているらしい。秋葉原というのは、世界的に有名らしい。この街を歩くと、いろいろな国の連中を見ることができる。

依頼主はえらく金持ちなのだろう。まるで、バブル時代の日本の土建屋のような無理を言ってくる。

おかげで、菅井田は久しぶりに地上げというおいしい話にありつけたのだ。

これが成功すればかなりまとまった金が組に入る。上納金であっぷあっぷしている組も一息つけるというものだ。この仕事だけは成功させなければならない。

ラジオ会館のワンフロア全部を地上げするというのは無理と読んでいた。大手の企業も入居している。菅井田はまず、小さな店をこまめに地上げしていく手に出た。ワンフロアの三分の一でも地上げできれば御の字だ。依頼主もそれで満足するはずだ。

菅井田は、まずラジオ会館に入っている店舗の経済状況をつぶさに調べるところから始めた。ノンバンクの金融、いわゆるマチ金で金を借りていれば、その状況はすぐにわかる。手形などの様子も調べがつく。

マチ金への返済が一度でも滞ればたちどころにブラックリストに載るのだ。

菅井田は、資金繰りに苦労している店を見つけた。小さなパーツ屋だ。何でも、コンピュータの部品というのはすぐに旧式になってしまい、流行《はや》っているからといって大量に仕入れると、それがすぐに不良在庫になってしまうのだという。

かといって、人気のあるゲームソフトなどは品薄で思うように仕入れができない。小規模の店は、皆苦労している。その中でも、菅井田が見つけたパーツ屋は理想的だった。従業員はおらず、店長とバイトだけでやっている。

店長は資金繰りに困って、ノンバンクの金融から金を借りている。その借金が雪だるま式に増え続けている。菅井田は、言葉巧みに近づいて、その借金を一本化するために融資しようと持ちかけた。

通常ならば怪しんで金を借りないような人々も、追いつめられていれば目先の現金に飛びつく。だからこそ、法外な利率のシステム金融などにも借り手がいるのだ。

菅井田は、かき集められるだけの現金をかき集め、この仕事に賭けた。店長はまんまと話に乗り、菅井田から金を借りたのだ。それからは、手慣れた仕事だ。店の抵当権を押さえるために暗躍し、露骨な取り立てを繰り返す。

一方で、店を明け渡せば借金をチャラにできるとほのめかす。バブルの時代に何度も繰り返した手口だ。

だが、店長はなかなか立ち退こうとはしなかった。こうなれば、少々強硬な手を使わなければならないと思った。それで、こうして、毎日のように押し掛けてくるわけだ。借金の回収が目的ならば営業妨害になるようなことはしないほうがいい。しかし、これは地上げなのだ。嫌がらせは露骨なほうがいい。

「おう、警察とは穏やかじゃねえな」

菅井田は店長に向かってそう凄んだ。

店の中には、店長とアルバイト、そしてなんだか垢抜けのしない若い客がいた。

店長は、菅井田を見るとたちまち蒼い顔になった。こうした相手の反応を見たとき、極道をやっていて本当によかったと思う。ヤクザ者は相手に尊敬されることなどないが、恐れられる。尊敬されることと恐れられることは同じような快感を味わうことができるのだ。

アルバイトも顔色を失って緊張を露《あら》わにした。

菅井田は思った。

たしか、石館洋一とかいったな。

大学を中退したつまらねえやつだ。今時、極道にだって大学卒は珍しくないというのに……。

「菅井田さん……」

店長が言った。「今取り込んでいるんですよ」

「ほう。そうかい」

菅井田は、凄みのある笑いを浮かべて見せた。理由もなく笑うと、相手は気味悪がるものだ。何か含みがあるのかと深読みする者もいる。経験から学んだテクニックだ。

「警察沙汰だって？　何があった？」

「あなたには関係ないでしょう」

「そうか？　関係ねえか……？」

店長はぎょっとした顔をした。菅井田は、もっとも信頼できる子分の金崎《かねざき》を連れてきていた。見るからに血の気の多そうな男だ。右頬に大きな傷がある。

何でも中学生の頃に、自転車ごと江戸川ぶちの土手から転げ落ちてできた傷だということだが、素人衆は勝手に刀傷か何かだと想像してくれる。額には派手にそり込みを入れて、眉毛を抜き、凶悪そうな人相だ。

その金崎がタイミング良く怒鳴った。

「てめえ、誰に向かってそんな口きいてんだ！」

たちまち店長とアルバイトの石館はすくみあがった。

菅井田は、恐怖が二人の心に染み渡るのを待ってからおもむろに言った。

「万引きか？」

店長は、眼をそらしてこたえた。

「ええ。そうなんです」

菅井田は、万引きをしたという客を見た。目を大きく見開いている。完全にうろがきている。

今にも、しょんべんを洩らしそうな面《ツラ》しやがって……。

見るからに世間知らずの若者だった。ダッフルコートを来て額に汗を浮かべている。

「万引きをやったってのは、本当なのか？」

菅井田が尋ねても、こたえようとしない。こちらの顔をぼんやりと眺めているだけだ。パニック状態なのだ。

「こら、質問されたらすぐにこたえるんだよ」

金崎がまた怒鳴った。ダッフルコートの客は、怯《おび》えきった犬のようにびくんと体を震わせると、堰《せき》を切ったように喚《わめ》きだした。

「ち、違います。万引きをしようなんて思ってませんでした。値段をみようと、あの、その、MOドライブの箱を持ち上げたら、いきなり大きな音がして、あの、警報装置の音なんですが……。盗もうとしたわけじゃなく、本当にちょっと箱をみようとしただけで……。そしたら、万引きだと言われて、買おうと思って持っていたマウスのことを忘れていて……」

泣き出しそうだ。うっとうしいやつだ。

菅井田は、顔をしかめて店長を見た。

「こいつはこう言ってるが、どうなんだ？」

「万引き防止の警報装置を鳴らしておいて、そちらに注意を向けておいて、本命のマウスを万引きしようとした。計画的な犯行ですよ」

「ほう、計画的な犯行ときたか。だが、警察沙汰というのは穏やかじゃねえな」

店長はふてくされたように言った。

「私らね、毎日万引きとの戦いなんですよ。子供がおもしろ半分で万引きをやるんです。罪の意識がないんだ。特にこういう計画的な万引きは許すわけにはいかないんですよ」

「俺は警察が嫌いだ」

菅井田が言うと、店長はすがるような目つきになった。どうしていいかわからなくなったに違いない。菅井田は腹の中でほくそ笑んだ。こうやって理不尽なことを押しつけて素人を困らせるのがヤクザの手だ。

「まあいい。万引きの話は後にしてくれ。俺の話のほうが先だ。今日こそは、いい返事を聞かせてもらいたいもんだな」

「金は何とかします。利子の分を今日払ってもいい」

「俺が利子をもらって喜んで帰ると思っているのか？」

「いや、そういうことじゃなくて……」

「なあ、ここの権利をくれたら、すべてをチャラにしようって言ってるんだ。悪い話じゃないだろう？」

「ここを出てどこへ行けと言うんです？　ここは秋葉原では一等地ですよ。親父の代からの店をつぶすわけにはいきません」

さあ、これから長い押し問答が始まる。

菅井田は心の中で舌なめずりをしていた。ねちねちと相手を締め付けていくのだ。ヤクザの腕の見せ所だ。そのうち、この店長は必ず音《ね》を上げる。それは今日ではないかもしれない。だが、近いうちに必ず……。


史郎は完全にすくみあがっており、恐怖で頭がしびれてしまっていた。

本物のヤクザと初めて口をきいたのだ。故郷の秋田にだってヤクザはいる。しかし、史郎が住んでいた平鹿《ひらか》郡大森町というのは、都市部から離れておりのんびりとした土地だ。しかも、史郎は町中を歩き回って遊ぶタイプではなく、家の中でコンピュータをいじっていることが多かった。ヤクザやチンピラと関わりを持つことが極端に少ない生活を送っていたのだ。

目の前の二人のヤクザは、テレビドラマで見る戯画化されたヤクザそのものだが、その恐ろしさは本物だった。

一人は恰幅がよく、黒いスーツを着ている。派手なネクタイをしており、それが熱帯の毒蛇のような不気味さを感じさせる。サングラスをかけているが、その色が淡く、奥にある眼が恐ろしかった。髪はオールバックで、もみあげが不自然に長い。

もう一人はその子分のようだが、こちらがまた恐ろしかった。

パンチパーマをかけているのだが、額の両側のそり込みがものすごく深い。眉がなく、眼が異様にぎらぎらと光っている。何より印象深いのは右頰の大きな傷で、史郎はそれを見るだけで、血の気が引いていきそうだった。

子分のほうは茶色のスーツを着ているが、それは見たこともないような下品な明るい茶色だった。ネクタイはしておらず、派手なシャツを着ている。首もとに太い金のネックレスが覗いていた。

その二人が現れたときから、史郎はもう恐怖に凍り付いていた。まともなことが考えられない。ただただ、この場から逃げ出すことばかりを考えていた。もう万引きの嫌疑をかけられたことなどどうでもよかった。

この場から逃れられるのなら、警察に連れて行かれてもいいとさえ思っていた。

万引きのことを尋ねられても、その理不尽さにさえ気付かなかった。万引きの件はヤクザには関係ない。だが、問われるままに、一所懸命説明していた。

頭がまともに働いていない。史郎はその場から逃れることだけを考えていた。

やがて、ヤクザは店長と金の話を始めた。どうやら、店長はヤクザから金を借りているらしいのだが、そんなことは史郎にとってはどうでもいい。

とにかく、逃げ出したかった。

突然、その場を去ろうとしたら、ヤクザに何か言われるに違いない。

だが、何かを言ったらまた関心を向けられるかもしれない。「行ってもいいですか」などと尋ねるのは、あまりに間抜けな気がした。店の従業員たちだって、このまま史郎を黙って行かせるとは思えなかった。

隙を見て逃げ出すしかない。

だが、ヤクザたちは出入り口の方にいる。彼らの前を通らずにこの店から逃げ出す方法はない。

ヤクザと店長は、何やら話し込んでいる。店長は困り果てた様子だし、ヤクザはなんだか楽しんでいるように見える。誰もが史郎には関心を向けていない。

史郎は腰のあたりが頼りないような気がしていた。寂寥感《せきりょうかん》が背骨に沿ってはい上がってくるような気がしていた。子供のように泣き出してしまいそうだ。

恐怖にしびれた頭で、史郎はただ一つのことを考えていた。

ここから逃げ出さなきゃ。

ここから逃げ出さなきゃ。

ここから逃げ出さなきゃ……。

逃げたい。一度そう思うと、その願望だけがどんどんと膨らんでいった。もうそのことしか考えられない。この場にいたら、息ができなくなってしまいそうだ。

本当に息が苦しくなってきた。

もう、この場から逃げ出すことしか考えられない。後頭部がしびれ、頬がざわざわとする。いても立ってもいられない気分になってきた。パニックが忍び寄ってくる。

史郎は、茶色のスーツの脇に覗いている出入り口しか見えていなかった。

まっすぐあそこから出ていけばいいんだ。

もう、そのことしか考えられない。

史郎は、出入り口に向かってふらふらと歩きだした。足元がおぼつかない。

よろけて何かにどんとぶつかった気がした。だが、史郎には出口しか見えていない。

「待て、こら」

誰かがそう怒鳴った。

そのとたん、史郎は完全なパニックに陥っていた。何もかも忘れて駆けだしていた。

「このやろう、待て！」

もう一度、誰かの声が聞こえた。

史郎は振り向かずに、ただ走った。何人かの客にぶつかったが、史郎は必死に走り続けた。

階段を駆け下り、ラジオ会館の外までやってきた。息が切れ、気管支が痛んだ。頭がぼうっとしてくる。それでも走るのをやめようとはしなかった。恐怖に駆られているのだ。逃げ出すことで、さらに恐怖が募っていた。

子供の頃、夜の山林で同じような思いをしたのを頭の片隅でぼんやりと思い出していた。真っ暗な山道を歩いていた。何かが後をつけてくるような気がする。だが、恐ろしくて振り向くことができない。

　徐々にその恐ろしいものが近づいてくるような気がする。思わず駆けだしてしまった。そうすると、恐怖はさらに募った。何かが追っかけてくる。その思いに駆られ、走るのをやめることができなくなる。

　史郎はそのときのような気分で、秋葉原の街を駆け抜けた。違っているのは、実際に追ってくるものがあるということだった。

「こらあ、待たんか！」

　野太い声が背後から響いてきた。

　その声を聞いたとたん、なぜか史郎はラジオストアの細い路地に逃げ込んでいた。理由はない。まず、その路地が眼に飛び込んだのだ。秋葉原で最初に訪れた場所であり、そこが一番安心できるような気がしたのかもしれない。

　史郎は人をかき分け細い路地を闇雲《やみくも》に進んだ。何本もの路地が交差しており、どこをどう曲がったか覚えていなかった。

　やがて、後ろからの声が聞こえなくなった。史郎はそれでも安心はしなかった。やがてラジオストアの小路を抜けると、大通りに出た。

　見上げると、名前だけは知っている大型家電販売店の看板が空を覆うように並んでいた。石丸電気、ＬＡＯＸ、オノデン……。

その他メーカーの看板がぎっしりと空間を埋め尽くしている。ＮＥＣ、東芝、パナソニック、ＳＯＮＹ……。

史郎はそこで初めて立ち止まった。

一瞬、恐怖を忘れた。

ああ、秋葉原だ。

背後が急に騒がしくなった。誰かが喚いており、数人の悲鳴とも非難ともつかない声が上がる。

ヤクザが追ってきたに違いない。

史郎は再び、恐怖に憑《つ》かれ走り出した。これほど走ったのは久しぶりで、とうに体力は尽きていると思われた。それでも走り出さずにいられなかった。

大通りを渡る歩行者用の信号がちょうど青になったので、通りを横切った。そのまま大きな通りの歩道を走った。前方にヤマギワの看板が見える。

そのとき、史郎は歩道の前方に見覚えのある服装を見つけた。

ライトグリーンのジャンパーに白いミニスカート。長い髪を背に垂らしている。

史郎は通行人をすり抜けるようにして走り続けている。ライトグリーンのジャンパーに白いミニスカートの後ろ姿が近づいてきた。

ふと、気配に気付いたように、そのライトグリーンのジャンパーが振り向いた。

「ちょっと、エース・コンピュータ館のほうに行ってくれないか？　手が足りないみたいなんだ」

　ショールームの人事担当者が言った。

　仲田芳恵は、うんざりした気分だった。ショールームでさえもう勘弁してほしいというのに、販売店の売場へ行けというのだ。

　このメーカーは、今新製品のキャンペーン中で、芳恵と同じ恰好をしたキャンペーンガールが、いろいろな販売店の売場へ出かけてプロモーションをしている。

　エース・コンピュータ館では、ひとつのビルにコンピュータ関連商品だけを集めて展示販売している。デスクトップからノートパソコン。AT互換機とマッキントッシュ。周辺機器や消耗品、それに関連書籍。コンピュータに関するあらゆるメーカー品を取り扱っている。

　売場でどれくらいの面積を獲得できるか、またどれくらい販売員や顧客にアピールできるかが、メーカーの営業担当の腕の見せ所だ。そのためにこうしてキャンペーンを張ったりする。

　たしかに、ショールームのほうはあまり客足が芳《かんば》しくない。売場のほうが忙しいのだろう。

芳恵は、心の中でさんざん毒づいたが、それを表面に出すことはなかった。にっこりとほほえむと彼女はこたえた。

「わかりました。すぐに向かいます」

ラジオ会館を出てガード沿いに進み、中央通りにやってきた。道を歩くと、通りを行く男たちの視線が露骨に絡《から》みついてくる。

たしかにコスチュームのスカートはものすごく短い。

なによ、物欲しそうな顔して……。

芳恵は、つんと顎をそらして大股で歩いた。たしかに男たちの視線はうざったいが、同時に優越感も味わっていた。

彼女は脚の美しさに自信を持っていた。

あんたたちが束になってかかったって、あたしをものにすることなんてできないんですからね。

中央通りを上野方面に進んで、エース・コンピュータ館へ行く角を曲がろうとしたとき、背後から駆け足の音が聞こえた。

芳恵は何気なく振り向いた。

誰かが駆けてくる。

紺色のダッフルコート。見覚えがある。

さっきのオタクの田舎者……。

その形相はすさまじかった。蒼ざめた顔で、大きく目を見開いている。その目が血走っていて恐ろしい。歯を食いしばり、鼻の穴を広げて息を荒くしている。

芳恵は、一瞬その場に立ち尽くし、思わず悲鳴を上げそうになった。

だが、実際には、ひっという小さな声が出ただけだった。

ストーカーだ。

あたしをつけてきたんだ。

あたしをつかまえて何かする気だ。

ダッフルコートの若者の形相を見て、芳恵はごく自然にそう考えていた。

次の瞬間、芳恵は逃げ出していた。

冗談じゃないわ。あんなオタクのストーカーに……。

誰かに助けを求めようとしたが、不思議なことに、いざとなると言葉が出てこない。

芳恵はひたすら逃げた。

エース・コンピュータ館に行けば、メーカーの営業担当もいる。あそこに逃げ込めば安心だ。

咄嗟《とっさ》に芳恵はそう考えていた。

どこへ逃げるより、エース・コンピュータ館が一番近く安全な気がした。

やがて、買い物客でごった返すエース・コンピュータ館の一階が見えてきた。派手な看板や垂れ幕。店頭に展示されたコンピュータたちの前に張られている黄色い大きな値札がいっせいにひらひらと揺れている。

芳恵は、エレベーターのスイッチを押して階を表す数字を見つめた。エレベーターはなかなかやってこない。今にも、あのオタク・ストーカーがやってきそうで恐ろしかった。ようやくやってきたエレベーターに乗り込んだが、他にもエレベーターを待っていた客が大勢おり、なかなかドアが閉まらない。芳恵はいらいらした。やがてドアが閉じ、エレベーターが上昇をはじめると、芳恵は大きく息をついていた。


史郎は、振り返ったキャンペーンガールが驚愕《きょうがく》に目を見開くのを見た。彼女が逃げ出したので、何か誤解されたことに気付いた。

何だ？　どうして逃げるんだ？

史郎は、キャンペーンガールが曲がった角を曲がった。なぜ彼女の後を追いはじめたか説明がつかない。だが、足が自然にそちらに向いていた。もしかしたら、誤解を解きたいという思いがあったのかもしれない。

違うんだ。

僕は追われていて、たまたま君に出会っただけだ。

一言そう言いたいという思いが、頭のどこかにあったのだろう。だが、史郎は自覚していない。

白いミニスカートのキャンペーンガールはエース・コンピュータ館という大きなビルに駆け込んだ。史郎もそこに向かっていた。

彼女を追っても何の問題の解決にもならない。だが、史郎はどこへ行けばいいのかわからないのだ。たまたま見かけたキャンペーンガールが一時的に彼にとって指標になったのだった。

ヤクザはまだ追ってきているらしかった。振り返らなくてもそれがわかる。史郎は、コンピュータ関連の書籍がずらりと並ぶ一階に飛び込んだ。階段を探し、駆け昇る。

キャンペーンガールの姿は見えない。ビルに駆け込んだ瞬間から、もう彼女のことなどどうでもよくなった。

どこか隠れる場所は？

ヤクザをやり過ごす場所はないか？

史郎は、階段を駆け昇り、売場を抜け、また階段を昇った。

売場はどこも混み合っている。誰もが、展示してある機器に見入っている。販売員をつかまえてあれこれ質問している客もいる。

ああ、僕もこういう客たちの一人になるはずだった。

どうしてこんなことになってしまったんだろう……。

史郎は、汗びっしょりになってさらに階段を駆け昇りながら、そんなことを考えていた。

4

万引きをやったというダッフルコートの若者が出口に向かって歩き始めたのを、菅井田三郎は、視界の隅に捉えていた。

「待て、こら」

菅井田は凄みを利《き》かせてそう言った。

だが、万引き男は止まろうとしない。相手が言うことをきかない。それだけで、菅井田は頭にきた。

万引きをしたつまらない男などどうでもいいはずだった。あくまでも地上げが目的でやってきたのだ。しかし、自分の命令を無視する人間がいることが許せない。

金崎が怒鳴った。

「このやろう、待て！」

菅井田の気持ちを読み取って怒鳴ったのだ。菅井田にはそれがわかった。

だが、万引き男はその恫喝《どうかつ》をも無視した。そして、走って逃げ出したのだ。

菅井田はかっと頭にきた。

「追え」

彼は金崎に命じた。「つかまえてこい」

金崎は、その瞬間に店を飛び出していった。一度命じたからには、金崎は犬のようにどこまでも獲物を追っていき、必ずつかまえてくるはずだと思った。そういうふうに仕込んである。

店長とアルバイトの石館は、息を潜めて成り行きを見守っている。

万引き男が、店を出ていくときに、出入り口の棚にぶつかって積んであったゲームソフトをいくつか落としていった。石館は、ぼんやりと落ちて散乱した箱を眺めている。

菅井田は、さえない若造になめられたような気がして面白くなかった。その憤りをそのまま表情に出して言った。

「俺は、思い通りにならないと、何をするか自分でもわからねえんだ。あの万引き野郎も、かわいそうにな。俺に逆らったらどうなるか、たっぷりと思い知ることになるだろうぜ」

店長と石館の顔色がまた悪くなった。

ファティマは、野太い怒号を聞いてはっと振り向いた。

紺色のコートを着た若者が、泣きそうな顔をして一目散に駆けて来る。それを追って、人相の悪い男が飛び出してきた。

その男は、ジャパニーズ・マフィアに違いないとファティマは思った。世界中どこでも暴力を生業《なりわい》としている男の雰囲気は共通している。特にイタリア系のマフィアと日本のヤクザはすぐにわかる。彼らは看板をぶら下げて歩いているようなものだ。

些細《ささい》なトラブルだとファティマは思った。国の市場でもこのような追いかけっこは珍しくない。

トラブルは回避する。それが鉄則だ。ファティマはそう教え込まれていた。特に、潜入先ではその教えを徹底しなければならない。余計なトラブルに巻き込まれて、任務を遂行できなくなるのは愚の骨頂だ。

だが、今ファティマは任務を帯びているわけではない。スチュワーデスの仕事で日本へやってきて、つかの間の休暇を楽しんでいるだけだ。

それで、彼女は好奇心に従ってみることにした。ヤクザが飛び出してきた店に近づき、中の様子をうかがった。

店の中にはもう一人のヤクザがいた。明らかに店から飛び出していったヤクザより年上だ。見かけからも格が上であることがわかる。

ファティマはかすかにほほえんだ。

さきほどから尾行を続けている男。おそらくはモサドだ。その尾行者がどの程度臨機応変に動けるか試してやろうと思ったのだ。

ついでに尾行を振り切ることができるかもしれない。せっかくの休暇だというのに、尾行付きというのはどうにもいただけない。

ファティマの遊び心が頭をもたげたというわけだ。彼女は、何も知らないそぶりでその小さな店に足を踏み入れた。

最初にファティマに気付いたのは、店の若いほうの従業員だった。エプロンをしているので従業員であることがわかる。

続いて年上のほうの従業員が気付いた。だが、二人はどうしていいかわからないような顔で黙っている。

ヤクザが振り向いた。

オールバックでやや太り気味だ。贅沢な生活が腹のあたりに余計な肉をつけている。だが、不思議なことにその太り気味の体格が凶悪さを感じさせる。全身から暴力の臭いを発散させている。

「悪いな」

ヤクザがファティマに向かって言った。「今、取り込み中なんだ」

出て行けという意味であることはすぐにわかった。しかし、ファティマは日本語がわからない振りをした。

戸惑ったように、ヤクザと従業員を見る。

ヤクザは、舌を鳴らして言った。

「外人かよ。中近東の女だな？　何でこの街は外人が多いんだ？　おい、何とかしろ」

ヤクザに言われた年上の従業員が、片言の英語で言った。

「アイム・ソーリー。ナウ、クロウズド」

身振り手振りで店は閉まっているのだと伝えようとしている。

ファティマは思わず吹き出しそうになった。日本は先進国だと言われているが、ロシアと並んでどうしても世界の先進国と肩を並べられない要素がある。ほとんどの日本人は英語を話せないのだ。

ファティマは早口の英語でまくし立てた。どうしてもほしい部品があるのだ、メモリにキャプチャーボードに、グラフィック・ボード……。私はＩＢＭのパソコンを持っているのでそれに合う部品を選んでほしい。

ヤクザがうんざりとした顔で言った。

「やかましいな。おい、何か買いたいというのなら売ってやれ」

年上の従業員が、若い従業員に言った。

「おい、頼むよ」

若い従業員は、蒼い顔で近づいてきて言った。

「メイアイ・ヘルプユー？」

こちらはそこそこ英語を話せるようだ。

ファティマは、まったく同じことを若い従業員に言った。

「メイアイ・ヘルプユー？」

メイアイの部分を強調したので、意味は通じたはずだ。そちらこそ、何か助けてほしいんじゃない、という意味だ。

若い従業員は、どうしていいかわからない様子でファティマを見つめている。ファティマは、彼をヤクザたちから離れたガラスのショーケースの前に引っ張っていった。そこに目的の商品があるのだというそぶりだ。

ショーケースの前に行くと、ファティマは商品に眼をやったまま小声で言った。

「何かトラブル？」

日本語だった。若い従業員は驚いた表情を見せたが、ヤクザたちに背を向けていたのでその顔を見られる心配はなかった。

「地上げに遭っているんですよ」

ためらった後に、若い従業員が小声で言った。

「地上げ……？　申し訳ないけど、その言葉の意味がわかりません」

「この店をここから追い出すように、誰かから頼まれているんです。店長は、あいつから金を借りていて、それを利用されている」

「つまり、誰かがこの場所をほしがっているということ？」

「インターメディア社です」

「インターメディア……？　アメリカの？」

「はい。僕はインターネットでその情報を仕入れました」

「あのヤクザから聞いた訳ではないのですね？」

「あいつは、こっちがどこまで知っているか、全然わかっていませんよ」

ファティマは頭の中で素早くいろいろなことを計算した。インターメディアは、今やアメリカを代表するソフトメーカーの一つだ。ビル・ゲイツには及びもつかないが、社長のジャック・スミスは、多額の税金をアメリカ合衆国に納めているはずだ。

そういえば、ジャック・スミスは有名な秋葉原フリークだと聞いたことがある。秋葉原は今やインターナショナルな街だ。実際に足を運んだことがなくても、インターネット上でその名を知る人は多い。

欧米の電脳マニアたちが秋葉原と聞いて思い浮かべるイメージはだいたい共通している。それは、ウィリアム・ギブソンの『ニューロマンサー』の世界であり、映画『ブレードランナー』の世界だ。

ジャック・スミスは何度か秋葉原を訪れているという。そればかりか、工科大学の学生時代に秋葉原を訪れ、ここで天の啓示を聞いたという話は有名だった。それで彼は自分の将来を決め、大成功を収めたというわけだ。

彼が秋葉原に進出したがるのはうなずける。それは損得勘定ではない。彼自身のアイデンティティーに関わることなのかもしれない。

ここで、インターメディア社の計画をうち砕くことは、祖国にとって何かプラスになるだろうか?

祖国に益をもたらすかどうかはわからない。しかし、アメリカ人に一泡ふかせることは意味があるような気がした。アメリカとファティマの祖国は国力があまりに違いすぎる。だが、アメリカに屈するわけにはいかない。

ならば、こつこつと妨害工作を積み重ねるのが大切なのだ。あらゆる妨害工作が有効だ。アメリカを代表する企業の計画をつぶすことも立派な妨害工作ではないか。

本国の情報部も同じ結論に達するに違いない。ファティマたちは、あらゆる場所で、あらゆる手段をもって、アメリカと戦わなければならないのだ。

その妨害工作に、アメリカのCIAと太いパイプを持つモサドを利用するというのも一興だ。

「ショーケースを開いてください」

ファティマは若い従業員に言った。

「え……?」

「二人がこちらを見ています。怪しまれないように……。あなた、名前は？」

「石館です」

「イシダテ。早く」

「あ、はい……」

イシダテは、慌ててキーを取り出しガラス戸を開けた。ファティマが中に入っているメモリの箱を手にとって、英語であれこれ石館に質問を始めた。

ファティマの予想したとおり、ヤクザが苛立《いらだ》った声を上げた。

「さっさとしねえか！」

ファティマはきっとヤクザのほうを睨んだ。ヤクザはひるまず睨み返してきた。さすがにその眼は凄みがあった。

ファティマは、メモリの箱を手にしたままヤクザのほうに近づいた。こういう男たちを怒らせる方法は承知していた。簡単なことだ。ちょっと逆らって見せればいいのだ。

暴力に頼る男たちは暴力でしか問題を解決する術《すべ》を知らない。

ファティマは猛然とヤクザに向かって英語で罵声を浴びせはじめた。一瞬、驚きの表情になったヤクザだったが、すぐに怒りに顔を赤くした。

年上の従業員は何が起きたのかと目を丸くしている。イシダテは背後にいるのでどんな顔をしているかはわからないが、おそらく年上の従業員と同じような顔をしているに違いない。

「うるせえ！　ぎゃあぎゃあわめいていないで、さっさと出ていかねえか」

ヤクザは真っ赤な顔で怒鳴った。

どこの国のマフィアも大物はおとなしいと言われている。だが、それは手下を従えているときの話で、一人になれば自分本位で直情的な本性が露わになる。そういう性格でなければ、反社会的な組織になぞ身を染めたりしない。ファティマは、情報員であると同時に多くの客を相手にするスチュワーデスなのでそのことをよく知っていた。

ファティマの計算どおり、ヤクザは簡単に頭に血を上らせた。

「喚くのをやめろと言ってるんだ。ぶっ殺すぞ」

ファティマは、最後の仕上げに出た。

持っていたメモリの箱をヤクザの顔目がけて投げつけた。不意をつかれたヤクザはもろにそれを食らってしまった。

ヤクザは思わず顔面を押さえ、目を見開いてファティマを見た。その眼が怒りに血走っていた。怒りのあまり、口がきけないようだった。

ファティマは、日本語で怒鳴った。

「殺せもしないくせに！　この腰抜けヤクザ！」

ヤクザは、怒りにぶるぶると身を震わせた。

ファティマは、さっと身を翻《ひるがえ》すと、店の中央にある展示台を回って出入り口へ向かった。

「ま、待て！」

ヤクザが追ってきた。

店を出たところで、ファティマは尾行者の姿を見た。突然、ファティマが現れたので、戸惑った様子で立ち尽くしている。

争っている声を聞いて、どうすべきか迷っていたのだろう。ユダヤ人の特徴を持つその男は、さっと眼をそらした。

そのとき、ヤクザが店を出てファティマをつかまえた。

「このやろう。ふざけやがって。本当に殺してやる……」

そのとき、ファティマはユダヤ系の尾行者を指さして、ヤクザに言った。

「シュート・ヒム」

彼を撃て！

その言葉ははっきりと尾行者に聞こえたはずだ。

「あ……？」

ヤクザは一瞬、訳のわからない顔をした。訳がわからないのは当然だ。

だが、ユダヤ系の尾行者は、即座に反応した。緊張しきった彼は、さっと背広の裾を跳ね上げると、腰に手をやった。次の瞬間、彼はイスラエルの制式自動拳銃をヤクザに向けていた。

ヤクザはそれを見て、その場に凍り付いた。

やはり、モサド……。

ファティマはその銃を見て思った。

彼女は、驚愕に立ちすくんでいるヤクザをモサドの尾行者に向かって、どんと突き出した。ヤクザはたたらを踏んで銃を構える尾行者のほうに二、三歩近づいた。

「フリーズ！」

モサドの尾行者は、叫んだ。

ファティマは駆け出し、二人から遠ざかった。

「フリーズ！　ドント・ムーヴ！」

背後で叫ぶ声が聞こえたが、振り向かなかった。通路を曲がり、ショールームの角に隠れた瞬間、銃声が二発聞こえた。

ファティマは笑い出していた。これで、あのモサドの尾行者の将来はなくなった。ここは日本なのだ。日本で銃を撃つということが大問題であることを、どの程度認識していたのか……。

おそらく、モサドで厳しい処分を受けることになるだろう。

そして、あのヤクザは、発砲事件に関わったということで、警察の取り調べを受ける。ヤクザは何もしていないが、たぶん前科があるだろうから、警察はあれこれと調べるだろう。

テナントの乗っ取りもやりにくくなるだろう。ファティマは、騒然としはじめたラジオ会館の階段を下った。

アブラハム・ベーリ少佐は、銃を撃ってから、はっと我に返り、しまったと思った。

ここは日本だった。

日本国内で発砲することは、厳しく戒《いまし》められていた。警官ですら拳銃を一発撃つごとに問題になるという信じがたい国だ。

何度も注意され、知識は充分にあったのだが、彼の常識とは相容《あいい》れなかった。日本に赴任した当初、銃は必要ないから携帯しなくていいと言われたが、この仕事で銃が必要ないというのは信じられなかった。

それで、携帯することだけはなんとか認めてもらったのだ。

ファティマを尾行するように言われたのは昨日のことだ。情報局に勤める彼女が日本に来るたびに誰かが尾行についていた。それは、退屈な日常業務のはずだった。

だが、トラブルが起こった。

小さな店の中でファティマが誰かと言い争う声が聞こえてきた。小さなトラブルだ。見過ごそうとしたが、誰と揉めているのか確認する必要があった。報告書にちゃんと書いておかなければならない。

店に近づいたとき、突然ファティマが現れ、続いて、黒いスーツの男が現れた。男の正体は一目でわかった。ジャパニーズ・マフィアだ。

ファティマがその男に向かってはっきりと命じた。

「彼を撃って」

何が起こったのかわからなかった。

しかし、やるべきことはわかっていた。頭より体が反応した。気が付いたときには銃を抜いていた。撃たれる前に撃つ。それが彼の常識であり、世界の常識だった。

アブラハム・ベーリ少佐はその常識に従っただけだ。しかし、それは日本の常識とは異なっていた。

ファティマが逃走しようとした。ベーリ少佐がそちらに銃口を向けたとき、ジャパニーズ・マフィアが怒りの表情で一歩近づいた。武器を取り出す様子はなかったものの、その接近を阻止するために、ベーリ少佐は足元に銃弾を撃ち込んだのだ。

コンクリートの床をえぐった銃弾は、跳弾となり真正面のショーウインドウに飛び込んだ。床でかなりエネルギーを減衰《げんすい》され、さらに割れて小さな破片となっていた弾丸は、ショーウインドウのガラスを割ったにとどまった。

その瞬間まで、ベーリ少佐は自分が間違ったことをしているという自覚がなかった。誰にも怪我をさせていない。しかし、その直後に、ベーリ少佐は日本の常識を思い出したのだった。

フロアが騒然としはじめたのは、その後だった。誰かが悲鳴を上げ、他の誰かが何かを喚いている。

床に伏せている者は一人もいない。それが不思議だった。どこの国でも銃声がしたら伏せることを知っている者がいる。そういう人が、伏せろと叫ぶものだ。人々はそれに従う。だが、日本ではそういうことは起きないようだ。

ベーリ少佐は銃を腰のホスルターにしまうと、顔色を失って立ち尽くしているジャパニーズ・マフィアに背を向けた。一刻も早く姿をくらまさなければならない。日本の警察に捕まりでもしたらえらいことになる。

彼は、階段に向かって走りながら、このことを上司にどう報告しようかと、暗い気持ちになっていた。


ラジオストアの通路の最深部。たしかにそこはそんな感じがした。

ラジオストアやラジオセンターは、細い通路が縦横に走っており、それに沿って小さな店が並んでいる。それはガード下にあるので、まっすぐ歩いていけば逆側へ通り抜けてしまう。

従って、どこが一番奥ということはない。だが、小野木源三《おのぎげんぞう》の店はたしかにラジオストアの底、もっとも深い場所にあるという印象があった。

それは、単に場所の問題ではない。店の醸《かも》し出《だ》す雰囲気のせいだった。

間口の狭い店頭に陳列台があり、その上には真空管やトランスといった、五十年も昔から使われている電子部品が並んでいる。

陳列台が広いので、店員がいる場所がずいぶんと奥まって感じられる。店の奥は、おびただしい部品類に埋もれており、ぶら下がっているコード類や部品のパッケージに半ば隠れている。

電子部品に埋もれた洞窟のような感じだった。その洞窟の主が小野木源三だった。

年齢不詳の老人だ。見事な白髪で、額のあたりはかなり後退している。豊かな口ひげを蓄えておりそれも白いのだが、煙草のせいで黄色く変色していた。

いつもまどろむような眼をしており、実際に居眠りをしていることも多い。

時代遅れの部品ばかり扱っているかと思うと、真空管の脇には最新のＣＰＵのパッケージが並んでいたりする。

小野木源三は、ふと路地が騒がしいので顔を上げた。

恐怖に憑かれた顔で、路地をばたばたと駆けていく若者の姿が、店先にぶら下がったコード類や部品のパッケージの隙間からちらりと見えた。

「どけ！　邪魔だ！」

続いて、ヤクザ者が人を乱暴に押しのけながら通り過ぎていった。

「ほう……。なんだかなつかしい光景だな……」

小野木源三は、声に出してつぶやいた。

隣の店の主人が、店先の路地まで出てきて、通り過ぎていった二人の様子を見ていた。

五十過ぎの男で、ビデオ関連のパーツを売っている。小型のCCDカメラが売れ、このところ少しばかり羽振りがいい。辰雄という名で、周りの人々からはタッつぁんと呼ばれていた。

そのタッつぁんが、小野木老人のつぶやきを聞いて言った。

「何だい、小野木のじっちゃん。何がなつかしい？」

「闇市時代には、ああいう追っかけっこは、しょっちゅうだったよ」

「へえ……」

タッつぁんは、関心なさそうに相づちを打った。

「あのヤクザ者には、見覚えがないな……」

小野木が、ふと眉を曇らせて言った。タッつぁんがふんと鼻を鳴らす。

「極道なんてゴキブリみたいなもんだ。どこからでもわいてくるよ」

「よそ者にでかい面《つら》をされたくないな」

タッつぁんは驚いた顔で小野木老人を見た。

「じっちゃん、何を言ってるんだ?」

「タツよ。俺たちは、長い間自分たちの力で秋葉原を守ってきた。このラジオストアはな、進駐軍にすら好き勝手はやらせなかったんだ」

「わかってるよ。だが、あんなの放っておけばいいだろう」

「追っかけられていたのは素人だ。学生だろう。昔から学生は秋葉原の上得意なんだ。おい、タツ、あの二人がどこへ行ったか調べてみろ」

タッつぁんはしかめっ面になったが、小野木老人に逆らおうとはしなかった。

「しゃあねえな……」

そうつぶやくと、彼はジャンパーの内ポケットから携帯電話を取り出してダイヤルした。

菅井田は、衝撃のために立ち尽くしていたが、周囲の騒がしさで我に返ると、猛然と腹を立てはじめた。

あのやろう、俺に銃を向けやがった。

こめかみが脈打ち、拳が震えた。ぎりぎりと奥歯が鳴る。

振り向くと、パーツショップの出入り口から店長とアルバイトが顔を覗かせてこちらの様子を見ている。向かいのショールームからも何事かとこちらをうかがう人々がいる。

通路の突き当たりの店では、店員が割れたショーウインドウを恐る恐る眺めている。周辺はもっと騒がしい。誰かが警察だ警察だと喚いている。

「くそっ」

菅井田は、出入り口の店長とアルバイトを一睨みすると、銃を撃った外人が走り去った方向に駆けだした。

俺を撃ちやがった。

俺に向かって銃を撃ちやがったんだ。

菅井田はあの男が許せなかった。

逃がしてたまるか。とっつかまえて、落とし前をきっちりとつけてやる。

菅井田は、階段まで来てふと立ち止まった。ちょっと駆けただけで、日頃の不摂生がたたり息が切れていた。

彼は携帯電話を取り出すと、金崎を呼び出した。金崎は普段の言いつけどおりに、呼び出し音三回以内に出た。

「はい」

「俺だ。菅井田だ。今どこにいる？」

「エースとかいうコンピュータ屋にいます。やつは、ここに逃げ込みました」

「そっちはいい。すぐに戻れ」

そこまで言って菅井田は考え直した。ラジオ会館でうろうろしているとまずい。じきに警察が来るだろう。発砲事件にヤクザが関わったとなれば痛くない腹まで探られることになる。

それに、菅井田の腹はまんざら痛くないわけではない。ここで地上げをやっていたのだ。

「いや、俺がそっちに行く。場所はどこだ？」

「中央通りから一本お茶の水側に入ったところです。東京三菱銀行の角を左に曲がると見えてきます」

「東京三菱銀行の角だな？」

「一階の店先で待ってます」

菅井田は、踵《きびす》を返してエレベーターに向かった。階段を下る気はしない。

このところ、いつでも金崎をはじめとする子分どもを引き連れて歩いていたので、一人で街中を歩くと、なんだかコートを着ずに冬の街を歩いているような、うそ寒さを感じる。同時に、菅井田は一匹狼で鳴らした若い頃を思い出していた。

あの頃は無茶をやったもんだ……。誰の縄張りであろうと殴り込んで、やりたい放題だった。

夜の酒場では、何かと因縁を付けて喧嘩をした。目つきが気に入らないといって喧嘩し、話す声がうるさいといっては喧嘩した。

菅井田が進むと、自然と通行人がよけて道が開いた。気分が良かった。

「おい、中央通りの東京三菱銀行ってのはどっちだ？」

そう尋ねるだけで、通行人は気絶しそうな顔で道を教えた。

やがて金崎が言っていたビルが見えてくる。一階の店先にある派手なビニールの庇《ひさし》の下に金崎の姿が見えた。

金崎も菅井田の姿を見つけて、頭を下げた。

「おう、兵隊を集めろ」

「兵隊……？」

金崎は、表情を曇らせた。「ガキ一人のためにですか？」

「そうじゃねえ。俺は撃たれたんだ」

「撃たれた？」

金崎がますます訳のわからない顔になり、菅井田は苛立った。

「説明してる暇はねえ。とにかく、銃を持っている外人がいて、俺に銃を向けた。そして撃ちやがったんだ」

しゃべっているうちに、たちまち怒りが再燃した。

「怪我は？」

「見ればわかるだろう。余計なこと言ってねえでさっさと事務所に電話しろ。かき集められる人数を集めろ」

菅井田が怒鳴ったので、金崎はたちまち怯えた犬のような顔になり、携帯電話を取り出した。

「それで、おやっさん……」

「何だ？」

「相手は、チャカを持ってたんでしょう？　こっちの用意はどうします？」

菅井田は、警察の動きを予想してみた。しばらくはうるさいだろうが、慎重に動けばどうということはない。このまま黙っているわけにはいかない。

菅井田は、金崎に顔を寄せ小声で言った。

「それ相当の用意をさせろ。だが、警察《ヒネ》がうろうろしているから、慎重に行動するように言え。まとまって来させるな。秋葉原に近づいたら電話させろ」

「わかりました」

金崎は、緊張のため蒼ざめている。彼は事務所に電話して、周囲の人の耳を気にするように口元を掌で覆うようにして早口で菅井田の命令を伝えた。

「それで、逃げたガキのほうはどうなった？」

　金崎が電話を切ると、菅井田は尋ねた。

「どこか上のほうへ行ったようですね」

「見失ったのか？」

「すいません」

「まあ、いい。このビルにいるんだな？」

「はい」

「とにかく、俺たちも中に入ろう。じきに警察がうるさくなってくるぞ。一階で張ってりゃそのうち降りてくるだろう」

「まだあのガキをつかまえる気で……？」

「あたりまえだ。物事はきっちりとしておかなけりゃな……。問題は一つ一つ片づけていくんだ」


　史郎は、背後を何度も振り返りながらエスカレーターを乗り継いでいた。店内はラジオ会館よりも混み合っている。秋葉原に来る買い物客はコンピュータのヘビーユーザーやマニアだけではない。人数から言うと一般の客のほうが多く、そういう人々はこういう大型量販店にやってくる。また、ヘビーユーザーも、こうした店に展示してあるデモ用の機器をチェックしにやってくる。大型店で機器を実際にさわってみて、問屋形式の格安の店で購入するのだ。

史郎の心臓は、激しく躍っている。走り続けたせいばかりではない。ヤクザが追ってくるという恐怖のせいもあった。

汗が背中を流れ落ち、ものすごく不快だった。だが、その不快感より恐怖のほうがずっと勝っている。

首から後頭部にかけてが、冷たくしびれてしまったように感じられる。

あのキャンペーンガールの姿はすでに見失っていた。別にどうでもいいことだった。今後、彼女に会うことなどないだろう。

彼女が逃げ出したので、あわてて追ってきただけのことだ。考えてみればばかなことをしたものだ。

こんなビルにやってこないで、いち早くJR線か地下鉄の駅へ行って、秋葉原から離れるべきだったのだ。

きっとヤクザは、僕がこのビルに入ったことを知っているだろう。ヤクザもこのビルの中にいるかもしれない。

史郎は思った。

やってはいけないことは、やってしまってから気付くものだな……。

ビルに逃げ込んだら、今度はそこから逃げ出すのが一苦労だ。うろうろしているうちに鉢合わせしてしまうかもしれない。

落ち着くんだ。

史郎は自分に言い聞かせた。

何とか、このビルから逃げ出して、今度こそ電車で秋葉原から離れるんだ。

史郎はエスカレーターを降りてフロアを見回した。そこが何階か覚えていない。夢中で昇ってきたので何度エスカレーターを乗り継いだかわからないのだ。

ノートパソコンが展示してある。

ああ、今日はじっくりとノートパソコンでも眺めて歩こうと思っていたんだ……。それが、どうしてこんなことになってしまったのだろう。

東京というのは恐ろしいところだと、田舎の老人たちが言っていたのを思い出した。年寄りの言うことは肝に銘じておくべきなのかもしれない……。

史郎は、一階まで降りる方策を考えることにした。おそらく、一階にはヤクザがいる。だが、追ってきたヤクザは一人だった。一人でエスカレーター、階段、エレベーターのすべてを見張ることは不可能だ。

一階の出口は何カ所あっただろう。一カ所ではないはずだ。なんとか見つからずにここから出る方法はないだろうか。

史郎は、もしヤクザが仲間を呼び集めたらと想像し、絶望的な気分になった。思考が悪いほうへ悪いほうへと傾いていく。

こういうとき、ヤクザがどういう行動を取るか、史郎にはまったく予想がつかない。つい最悪の事態を考えてしまう。今頃、仲間が大勢やってきて、階段、エレベーター、エスカレーターのすべてを固め、各フロアを探し回っているかもしれない。

それを想像すると、史郎はまたしてもパニックに陥りそうになった。

店の人に言って助けてもらおうか？　警察を呼んでくれるかもしれない。そう思ったとき、史郎は万引きの嫌疑をかけられていることを思い出した。

あの店の店長と若い店員は、もしかしたら警察に届けているかもしれない。万引きというのが重大な罪のような気がしてくる。

警察は僕の申し開きを聞き入れてくれるだろうか？　その可能性があるのなら、捕まるのを覚悟の上で、警察に助けを求めたほうがいい。

ヤクザに捕まるより、警察に捕まったほうがいいに決まっている。

史郎は、周囲を見回して店員の姿を探した。店員は、皆同じエプロンをしているのですぐにわかる。だが、すべての店員が誰かと話をしている。客がいろいろと説明を求めたり、商品を注文していたりするのだ。

混み合う店内は販売員の奪い合いという状況だ。

買い物に慣れている客なら、話をしている傍《かたわ》らから話しかけたりできるだろう。だが、史郎はそういうことに慣れていなかった。

そして、店員をつかまえたところで、何と言っていいかわからなかった。

ヤクザに追われているんです。助けてください。

そう言ったときの相手の反応が予想できなかった。相手にされなかったらどうしよう。

つい、史郎はそう考えてしまい。尻込みをしていた。


「たまげたなあ……」

店長がつぶやくのを、石館洋一は同じ気分で聞いていた。

「俺、本物の拳銃の音って初めて聞きましたよ」

「私だってそうだ。テレビなんかじゃバギューンて感じだけど、本物は違うんだな。爆竹のでかいのが破裂したみたいな音だ」

「耳がおかしくなりましたね」

店の外の通路では、警察官が次々とやってきて、さまざまな作業を始めた。

メジャーで寸法を測ったり、チョークで印を付けたり、写真を撮ったりする警察官たちの様子をぼんやり眺めていた二人は、やがて、それに飽きてレジのあたりに戻った。今の騒ぎで客はいない。

「例の話だがな……」

店長が言った。「まだ、何の返事もないのか?」

「インターメディアですか? 全然ですね。電子メールなんて、どれほど本気で読まれているか……」

「インターネットで仕入れた情報というのは確かなんだろうな? ラジオ会館の地上げのもともとは、インターメディア社だという……」

「たぶん……」

「おい、そこんとこが重要なんだ。もし、本当なら、あんなヤクザの言いなりになることはない。直接交渉すりゃあいいんだ。相手は天下のインターメディアだ。交渉次第でどれだけ金を出すかわからん。そうなれば、借金を返しても、なおかつ手元にかなりの金が残るかもしれない」

「情報は確かだと思いますよ。でも、こちらの申し出にインターメディアが耳を貸すかどうか……」

「返事があるまで、何度でもメールを送りつづけるんだ」

「そりゃいいんですけどね……。店長、この店をインターメディアに売っちゃうんですか?」

「いけないか?」

「お父さんの代からの店なんでしょう？　ラジオ会館といえば、秋葉原の中でも一等地ですよ」

「だからこそ、ジャック・スミスが欲しがるんじゃないか」

「どこか別のところで店をやるんですか？」

「考えてみろ。インターメディアがここへ乗り込んできたら、現地のスタッフが必要となるだろう。売るときに、私たちも雇ってもらえるような条件を出す」

「日本の支社か何かの人が仕切るんじゃないですか？」

「だから、そこんところが交渉なんだよ」

「まあ、俺はどっちでもいいですけどね……」

　実際、どうでもよかった。

　こんなちっぽけな店に未来があるとは思えない。洋一の身分はあくまでもアルバイトだ。大学に通っていたが、何だか面倒になり中退してぶらぶらしていた。将来への夢もない。コンピュータが好きだったので、秋葉原へはよく足を運んだ。この店の店長と知り合いになり、そのうちにアルバイトを始めるようになった。

　店長はしたたかに、ヤクザの地上げをしのぎながら、インターメディア社と直接取引することを画策している。

　洋一がソフト関連のウェブページをネットサーフィンしているときに、偶然、インターメディア社の秋葉原進出の計画を知った。それが、このラジオ会館のことであり、なおかつ洋一が働いているフロアを指していることがわかるまでにそれほどの時間はかからなかった。

店長はその話を聞いたとたんに、インターメディア社との直接取引を思いつき、メールでその申し入れをするようにと洋一に命じた。

洋一は、インターメディアがそんなメールを本気で取り沙汰するとは思わなかったが、とにかく言われたとおりにメールを送った。

用件だけの愛想のない英文だが、洋一に立派なビジネス文書など書けるはずもなかった。それを繰り返し送り続けている。

もちろん、何の返事もない。

店長はインターメディアと聞いて、何らかの野心が芽生えたのかもしれないが、洋一は野心などとは無縁の生活をしていた。

警察官がやってきて、二人の会話は中断した。一人は制服を着た若い警官で、もう一人はジャンパーを着ている。ジャンパーのほうはイヤホンを耳に差し込んでいた。事情聴取にやってきたのだ。

店長が話をした。ヤクザに地上げされていることは話さなかった。あくまでも客同士のトラブルで店は関係ないと言った。

地上げのことを話すと、余計なことまで調べられかねないと考えているのだろうか？　全部しゃべってしまえばいいのに……。

洋一は、話を聞きながらそんなことを考えていた。隠し事などすれば、後で面倒なことになるかもしれない。洋一は、とにかく面倒なことが大嫌いだった。そして、彼にとっては、この世の大半のことが面倒なのだった。

5

ノートパソコンのフロアを見回していた史郎は、またしてもライトグリーンのジャンパーに白のミニスカートを見つけた。長い髪に美しい脚。

ラジオ会館にいたキャンペーンガールだ。史郎は、ショールームでの彼女の笑顔を思い出し、すがるような思いで近づいた。

キャンペーンガールが、史郎のほうを向いた。史郎は、友好の印に笑顔を浮かべた。だが、あまりうまくいかずぎごちない笑顔となった。

キャンペーンガールの目がぱっと見開かれた。

どうみても歓迎している表情ではなかった。やはり、何か誤解されているようだ。ならば、その誤解を解きたい。

史郎が客をかき分けてさらに一歩近づくと、彼女はさっと背を向けて逃げ出した。

待ってくれ。

そう言おうとしたが、実際には言葉にならず、あ、という声を出しただけだった。

キャンペーンガールは、眼鏡を掛けた背広姿の男に近づいて何事か告げていた。史郎は、立ち尽くしてその様子を眺めていた。

　客がぶつかって通り過ぎていく。

　僕は何もしていない。何もしていないじゃないか……。

　史郎は、キャンペーンガールと背広の男を見つめて、心の中でそう訴えていた。

　背広の男はまだ若く、いかにも都会的ですっきりとした出《い》で立《た》ちをしていた。緑とブルーと山吹色の縞のネクタイは故郷では見かけないほど洗練されている。眼鏡もフレームのない現代的なデザインだった。

　その男が、厳しい眼で史郎を睨んでいる。やがて、彼は史郎のほうへ近づいてきた。史郎は、どうすべきか迷っていた。どう見ても男は友好的な態度ではない。

　逃げ出すべきかもしれない。だが、逃げる理由はない。

　誤解を解いた後で、ヤクザに追われていることを話してもいい。史郎はそう考えて、その場から動かなかった。

「あんた、ちょっと……」

　背広の男が、挑むような調子で言った。その眼には憎悪と軽蔑が見て取れ、史郎はたじろいだ。

「おかしなまね、やめてくんない？」

「え……？」

「なに勘違いしたか知らないけどね……。これ以上、芳恵につきまとうと、警察呼ぶよ」

周囲の客が何事かと注目する。たちまち、彼らは事態を推し量り、犯罪者を見る眼で史郎を見た。

「いや、そうじゃないんです」

背広の男は、あたりを見回した。横目で販売員の姿を捉え、声を落として言った。

「ちょっと、こっちへ……」

史郎は、腕をつかまれた。売場の隅へ引っ張って行かれる。衝立《ついたて》があって、その向こうがちょっとしたオフィスになっているようだ。その戸口に男が芳恵と呼んだキャンペーンガールが立っていた。

彼女の眼も嫌悪に満ちている。

説明すればわかってもらえる。史郎はそう思い、落ち着こうとした。うろたえているばかりでは何も解決しない。

まず、彼女の誤解を解いて、それからヤクザのことをどうにかしないと……。

男に引っ張られ史郎が近づいていくと、芳恵はぷいとそっぽを向いた。反感と嫌悪が露わだった。史郎はひどく情けなくなった。

衝立の陰に行くと、男の態度はさらに強硬になった。

「さっさと消えな」

「いや、だから、そうじゃなくて……」

「俺はな、おまえみたいにうじうじしているやつを見ると無性に腹が立つんだ。ふざけたまねしていると、痛い目に遭うぞ、このストーカー野郎」

「ストーカー……」

史郎は思わず、芳恵の顔を見ていた。芳恵は眼鏡の男の背後で史郎を睨み付けている。

「違うんです……」

「なにが違うのよ」

芳恵が言った。「あんた、あたしの後をつけてきたじゃないの。ショールームからずっとつけてきたんでしょう？　冗談じゃないわよ。言っとくけどね、あんたに声をかけたのは、仕事だからよ。じゃなかったら、あんたみたいの、相手にするわけないでしょう」

いきなり理不尽な憎悪を投げかけられ、史郎は怒りとも羞恥ともつかない気持ちで気が遠くなりそうになった。

道を走っていたら、目の前に彼女がいた。それだけのことだ。どうしたらこういう勘違いができるのだろう。

「違う。僕はただ逃げていただけだ。そうしたら、君が目の前にいた。君は何を誤解したか逃げ出したんだ」

芳恵は声を荒くした。

「事実、あんたは、ここまであたしをつけて来たじゃない。あたしを追ってきたのよ」

「いや、だから……」

その点については、説明することができなかった。史郎自身にも、どうして彼女の後をついてこのエース・コンピュータ館までやってきたのかわからないのだ。

強いて言えば、溺れる者が藁《わら》にすがろうとする心境だった。

「追われていて、夢中でここまで来たんです」

「追われていた？」

眼鏡の男が言った。

「そうです。ヤクザに追われていたんです」

「ヤクザだって？」

「このビルにいるはずです」

「なんでヤクザなんかに追われているんだ？」

これも説明するのが難しかった。すべてが成り行きだった。

「ラジオ会館のパーツショップで、万引きと間違えられて……。そこにヤクザが二人やってきて、店の人と話を始めたんです。ヤクザは店の人に金を貸しているようで、その取り立てに来て……」

「それで、なんでおまえが追っかけられるんだ？」

「僕は怖くなってそこから逃げ出したんです。ヤクザは待てと言ったんですが、僕は言うことをきかずに逃げてきたんです。そうしたら、ヤクザは追っかけてきて……」

「ふざけんなよ」

眼鏡の男が言った。「どうせ嘘をつくんなら、もう少しましな嘘をついたらどうだ?」

同感だった。史郎は自分でしゃべっていながら、おかしな話だと感じていた。たしかに、嘘ならばもう少し筋の通った話を考えるだろう。

「ストーカーなのよ！」

芳恵は、決めつけている。「あたしが、ショールームで声を掛けたから、いい気になって追ってきたんだわ。ずっとどこかであたしのことを見ていたのよ」

「だから違うと言ってるだろう。僕は、ヤクザに追われて逃げてただけなんだ」

「何がヤクザよ。どこにそのヤクザがいるのよ」

「だから、このビルのどこかにいるよ」

「嘘よ。こいつ、適当なこと言ってるだけだわ。高橋《たかはし》さん。警察を呼んで」

史郎は、誤解を解くのは不可能だと感じた。芳恵は最初から人の話を聞くつもりなどないのだ。

高橋と呼ばれた眼鏡の男は、腕を組んで史郎を睨み付けている。史郎は高橋に言った。

「お店の人ですか?　警察を呼ぶなら、それでもかまいませんよ。僕はどうせ、店の人に警察を呼んでもらおうと思っていたんです」

　高橋は、汚いものを見るような眼で史郎を見ている。

「開き直るなよ。ストーカーだけじゃなくって、万引きもやったんだろう？　本当は警察を呼ばれると困るくせに。俺は、この店の人間じゃない。メーカーの営業員なんだよ。芳恵たちキャンペーンガールに対して責任があるんだ。おまえみたいのにうろつかれたら、迷惑なんだよ」

　史郎は腹が立った。

「僕は万引きなんてしていません。間違えられただけです」

「そして、またストーカーと間違えられたってのか？　ばか言ってんじゃねえよ。火のないところに煙は立たないって言葉、知ってるか？」

「警察を呼んでくださいと言ってるんです」

　史郎は言った。

「このやろう……」

　芳恵が言った。

「いいから、早く警察を呼んでよ」

　高橋はなぜか躊躇《ちゅうちょ》していた。

「何してるのよ。早く」

芳恵にそう言われて、高橋は苦り切った顔つきになった。

「こいつが君の前から消えればそれでいいんだろう？」

「どういうことよ。こいつ、ストーカーよ。あたしを襲おうとしたのよ」

史郎はびっくりした。そんな事実はまったくない。だが、もう反論するだけ無駄という気がして黙っていた。警察が来れば、物事ははっきりする気がした。それに警察といっしょなら、ヤクザに捕まらずにここを出ていける。

「そうはいかないよ。メーカーの営業の俺が、勝手に警察を呼ぶわけにはいかない。店に相談してみないと……」

「何なの、それ。信じらんない」

芳恵はふくれっ面になった。「冗談じゃないわよ。こいつ、ストーカーよ。あたしに危害を加えようとしたのよ。このまま放っておくの？　あたし、事務所の人に言うわよ」

「待ってくれ。わかったよ。店の人に相談してくる」

高橋は衝立で仕切られたオフィスを出ていこうとした。

「こいつと二人きりにするの。ちょっと待ってよ。あたしも行く」

二人は連れだって出ていった。

一人残された史郎は、途方に暮れて一つ大きな溜め息をついた。

時計を見ると、午後の二時だった。楽しみにしていた秋葉原の探索がとんでもないことになってしまった。

このままだと、秋葉原の第一印象がひどく悪いものになってしまいそうだ。それが何より悲しかった。

アレキサンドル・チェルニコフは、鼻歌まじりでトイレの個室に入った。手下は連れていない。

頼りになる殺し屋のセルゲイ・オレアノフは、トイレの外で見張っている。他にも二人の手下がいたが、それぞれビルの中の持ち場で店の様子を監視しているはずだった。

チェルニコフは、安物の人工皮革の鞄から電子機器を取り出した。それは、ラジオストアで手に入れたものばかりだった。そのほかにやはり、秋葉原のカー用品店で手に入れた発煙筒を取り出した。

まずデジタル表示のタイマーに電池を入れて作動をチェックしてから、いったん電池を外した。そうしておいて、タイマーを自動車のヘッドライトに使うソケットと、コンセントに差し込むプラグがついたコードとの間につないだ。

カー用品店で買ったヘッドライト用の電球をソケットにねじ込み、ガラスを割った。フィラメントがむき出しになる。

そのフィラメントが発煙筒の着火部分に触れるようにガムテープで止めた。フィラメントが発火し、それが発煙筒の着火部分に火を付ける仕掛けだ。

だが、発煙筒の着火剤は量が少なく、うまく発火しない恐れがあるので、その回りにマッチの頭の部分を折っていくつか置き、それをティッシュペーパーでそっと包んでガムテープで止めた。

つまり、マッチの頭とフィラメントが電気信管の代わりとなるのだ。プラグをコンセントに差し込み、タイマーのスイッチを入れれば、お望みの時間に発煙筒が焚《た》かれるという仕掛けだ。

かつて、KGBの特殊工作班で働いていたことがあるチェルニコフにとっては朝飯前の細工だった。本物の爆薬なら神経を使うところだが、これはほんの子供だましだ。

だが、こんなものでも使いようによっては大きな効果を得られることをチェルニコフはKGB時代に学んでいた。

その装置に満足すると、チェルニコフは、あらためてタイマーに電池を入れ、この店の紙袋にそれを入れて底に近い脇の部分に穴を開けてプラグを引き出した。

さらに、同じようなセットを二つ作るとチェルニコフはトイレの個室を出た。

トイレを出ると、セルゲイ・オレアノフがちらりとチェルニコフのほうを見た。短く刈った砂色の髪。身長はそれほど高くないが、肩幅が広い。その灰色の眼はあくまでも無表情だ。チェルニコフにとっては、死に神のように頼もしく感じられる。

オレアノフは無言で静かに近づいてきた。チェルニコフも何も言わず、三つの紙袋を差し出した。それを受け取ったオレアノフは近づいてきたときと同様に静かに歩き去った。

店内のコンセントの場所はあらかじめ調べてある。どこに時限発煙筒を仕掛けるかも検討してあった。

オレアノフは、紙袋をあとの二人に手渡す。それぞれが一つずつを手際よく目立たぬ場所にセットする。そういう段取りだ。

チェルニコフは失敗のことなど考えてはいなかった。長い厳しい生活で、失敗を恐れたり疑ったりすることが何の役にも立たないことを悟っていた。

特に指揮官は、成功を疑ってはならない。事前の検討は大切だ。計画は注意深く練らなければならない。しかし、恐れてはならないのだ。

チェルニコフは悠然と混み合う店内を見回した。そこは、デスクトップパソコンの売場だった。色鮮やかなディスプレイがずらりと並んでいる。

薄くてなおかつ鮮明な液晶のディスプレイには驚かされた。盗み出した商品の一つを自分のものにしようと考えた。チェルニコフはその仕草のとおり、実際にくつろいでいた。

小物は、いざというときに緊張と興奮で失敗をしでかす。チェルニコフの輝かしい業績には生まれ持った性格がおおいに役に立っていた。

彼は、滅多なことではうろたえなかった。子供の頃からそうだった。父親は農夫だったが狩りが趣味で、幼いアレキサンドルにさまざまなことを教えた。

マッチ一本で薪《まき》に火を付ける方法や、天候の変化を察知する方法。釣りや狩った動物の解体のし方。雪の中での野営のし方……。

自然の中で生き延びるありとあらゆる手段を教えてくれたのだが、一番大切なのは、何があってもうろたえず、あきらめないということだった。

兵役に出たチェルニコフは、そうした父の教えのおかげでたちまち頭角を現した。そして、選抜された彼はやがてKGBの特殊工作員として働くようになった。

彼の未来は保証されていたが、それがソ連の崩壊とともに一気に崩れ去った。ロシア軍のポストは限られており、彼に残されていたのは閑職だった。しかも、ソ連軍にいたときよりも階級が下がり、給料も下がることになった。

ロシアの混乱に乗じて、マフィアが台頭してきており、彼らは多額の金を儲けていた。チェルニコフは、軍隊とKGBで身につけた技術と知識を生かすには暗黒街が最良だという結論に達し、それを実践してきた。

モスクワから極東に本拠地を移したのは、つい三年前のことだった。これからはロシア国内だけで仕事をする時代ではない。チェルニコフはそう考えていた。特に、日本は狙い目だと考えていた。

モスクワにいると、日本は固く門戸を閉ざしているように見える。しかし、北海道は盛んにロシアと交流を持とうとしている。実際、北海道の稚内《わっかない》にはロシア人街ができている。極東にはそういうチャンスがあった。

チェルニコフは、観光客がコンピュータを物色するような仕草で店内を歩き回っていた。あと三十分もしたら、騒ぎが始まるはずだった。

トラックの中にいる李源一がこの店に電話し、爆弾を仕掛けたと告げるのだ。どうせ、店の連中は半信半疑だが、やがて、時限装置のついた発煙筒が煙を派手に吐き出すというわけだ。

そのときになって、店の者は大慌てを始めるはずだ。発煙筒はただの脅しで、本当の爆弾がいくつか仕掛けてあると予告する手筈になっている。

エース・コンピュータ館。

この店をターゲットに決めたのは、李源一だった。こういう店は、売れ筋の商品を大量に仕入れることで価格を下げている。だから、倉庫には、人気のある機種がたくさん積まれている。

李源一はそう主張した。チェルニコフに異存はなかった。李源一は日本で生まれ育ったので日本のことはよく知っている。

問題は、騒ぎが起きてからいかに短時間で荷を運び出せるかということだ。時間が勝負だ。すぐに警察がやってくるだろう。

だが、警察が状況を把握して警備体制を固めるまでにはいくらか時間がかかるはずだと読んでいた。その間にできるだけ多くの荷をトラックに積み込むのだ。

多少の妨害は覚悟していた。こういう仕事には障害は付き物だ。そういうときのために、チェルニコフの部下は全員が拳銃を携帯していた。マカロフ自動拳銃だ。小型で隠しやすく、信頼性が高い。ロシアではいくらでも実包が手に入る。部下はそれぞれ、予備の弾倉も携えていた。

できれば銃を使わずに済ませたい。チェルニコフはそう思った。モラルの問題ではない。銃を撃てばそれだけ騒ぎが大きくなり、リスクが増すからだ。

騒ぎに乗じて、さっとトラックを横付けし、あっという間に荷を積んで、誰も邪魔しに来ないうちに引き上げる。それが理想だった。

だが、物事はそうそう理想通りには運ばないことをチェルニコフは経験上知っている。理想通りでなくてもかまわない。どんなことになろうと、切り抜けてみせる。彼はそう思った。そして、明日にはもうウラジオストックに向かう船に乗っているのだ。

「なにぐずぐずしてやがる……」

菅井田は、うめくように言った。苛立ちを抑えきれない様子で、金崎はそんな菅井田にびくびくしていた。

そのとき、ゆっくりと黒塗りの車が昭和通りから進入してきた。見覚えのある車だった。

「おやっさん、来ました」

車から三人降りてきた。いずれも菅井田組の若い衆だ。さらに、もう一台の車がやってきて、そちらにも三人乗っていた。

六人は、たちまち菅井田を見つけて駆け寄った。いきなりヤクザの集団が街中に現れ、通行人は驚いたように道を開けた。

「気をつけろ」

菅井田が言った。「警察《ヒネ》がうろうろしているはずだ」

金崎が要領よく説明した。

「おやっさんが撃たれた。さいわい怪我はない。だが、放ってはおけねえ。相手は外国人だ。見つけだして連れてこい。相手は銃を持っている。お互いに携帯で連絡を取り合いながら動くんだ」

金崎はさっと菅井田を見た。説明を求めているのだ。菅井田は金崎にうなずき返してから言った。

「茶色の髪に茶色の眼。鷲鼻《わしばな》だ。背はそれほど高くない。茶色の背広に黒いコートを着ていた」

若い衆の一人が言った。

「茶色ずくめですね……」

菅井田はその若者を睨んだ。

「そうだ。頭の悪いおまえらにも覚えやすいだろう。見た感じはお上品なビジネスマンだ。さあ、行け。こんなところで固まっていると、警察の眼に止まる」

六人の若い衆はそれぞれに散って行った。

金崎が尋ねた。

「私らも行きますか？」

「まあ、待て。俺たちは、例の万引きのガキが出てくるのを待つんだ」

「おやっさん。もう放って置いたらどうです？　あんなの、どうだっていいじゃないですか」

「おまえは、まだ極道ってものをよくわかってないようだな。いいか？　極道ってのはな、素人になめられたら終わりなんだ。言うことを聞かないやつがいたら、その場でしめる。相手がどんなやつでもだ。だからこそ、みんな俺たちの言いなりになるんだ。それが極道の仕事なんだよ。わかるか？」

「はあ……」

「俺とおまえが動くなと言った。だが、あいつは逃げ出した。それを放っとくわけにはいかないんだ。こういう小さなことが大切なんだ。逆らうやつはどんなやつでも許さない。

それが極道なんだよ」

「わかりました」

「なに、俺だってあんなガキ相手に本気で腹を立てているわけじゃない。エンコ詰めさせようってわけじゃねえんだ。だが、ああいうのは、きっちりと脅しをかけておかなけりゃならねえ」

「はい」

「じきに出てくる。素人は、しばらくたてば安全だと思ってのこのこと姿を現すんだ。だが、極道ってのは簡単に諦《あきら》めたり、許したりしねえ。それをわからせるんだ」

菅井田は、ぶるっと身震いをした。三月とはいえ、まだまだ冷え込む。外に立っているのはこたえてきた。

「おい。ここにいても仕方がねえ。中であいつが姿を現すのを待とう」

「そのほうがいいですね」

金崎も寒そうだった。

陽光はたしかに暖かだが、路地を通り抜ける風はまだまだ冷たい。二人は、エース・コンピュータ館の一階に入っていった。

ファティマは、秋葉原の街が次第に騒然としてくるのを眺めていた。パトカーが二台やってきて、ラジオ会館の周辺に警官が駆けつける。

発砲事件があったことが、次第に口コミで広がっていく。秋葉原駅の電気街口の周辺は、強い静電気を帯びたような緊張感が漂いつつあった。

しかし、それはラジオ会館の周辺に限られ、少し離れてみれば、普段と変わらない秋葉原があった。

ファティマは、注意深く周囲を観察していた。そして、かすかにほほえんだ。モサドの監視員はすでに姿を消していた。なかなか楽しいゲームだった。

インターメディアの計画をこれでつぶせたとは思わないが、少なくともモサドの監視員との勝負には勝ったことになる。うまくすれば、あのヤクザたちは警察に追われるはめになり、結局はインターメディアの目論見《もくろみ》も水泡に帰すかもしれない。そうなれば、言うことはないのだが、高望みはいけない。今日のところは、モサドの要員に一泡吹かせただけでもよしとしなければならない。

これで、心置きなくショッピングを楽しめる。ファティマはそう思い、足を中央通りのほうに向けた。そちらの方面には大きな販売店のビルが並んでいることを知っていた。

頼まれていた電子部品も重要だが、ファティマ個人にとっては、明るく近代的な総合家電ショップのビルも魅力的だった。最新式のオーディオやビデオなども、本国ではいい商売になる。

物価や平均賃金は日本に比べて驚くほど安いし、貧しい人々も多いが、実はべらぼうな金持ちも少なからずいるのだ。多くは政府の要人や石油関連の仕事をしている連中だ。そういう人々は、高価な電気製品を喜んで買うのだ。

ファティマは、モサドの要員もヤクザもすでに秋葉原を離れているものと考えていた。トラブルが起きたら、できるだけすみやかに、その場を離れる。それもできる限り遠くへ。それが、彼女の常識だった。

彼女は幾分か警戒を解いて、昭和通りを歩いていた。


アブラハム・ベーリ少佐は、ラジオ会館を後にしてJR秋葉原駅に向かおうとした。階段を駆け下りたが、ビルを出るところで歩調を緩め、事件とは関係ないそぶりで歩き始めた。

歩調を緩めるにしたがって、気分も幾分か落ち着いてきた。すると、猛然と腹が立ってきた。

まんまとファティマにしてやられたことが我慢ならなかった。発砲したからには、いちはやく現場を離れるべきだ。それはわかっていた。

しかし、このままファティマを放っておく気にはどうしてもなれなかった。とにかく、大使館に連絡をとらなくてはならない。事後処理の問題がある。

ベーリ少佐は、携帯電話を取り出してプッシュボタンを押した。イスラエル大使館が出ると、武官のエリ・ベンヤミン大佐を呼び出してもらった。エリ・ベンヤミンはモサドの日本における責任者だった。ベーリの上司だ。

「何事だ？」

ベンヤミンは、低い落ち着いた声で尋ねた。彼は大柄な男で、何事があってもうろたえたりはしない。ベーリ少佐は、その鉄の仮面のように冷ややかで無表情な顔を思い浮かべて言った。

「申し訳ありません。トラブルです。やむなく、発砲しました」

わずかの沈黙。

ベーリ少佐は、はらわたが冷えていくような気がしていた。ベンヤミンは厳しい男だ。自分にも厳しいが部下にも厳しい。失敗を簡単に許すような男ではない。ベーリは叱責《しっせき》を覚悟していた。

「どういうことか簡潔に説明してくれ」

「命令通りファティマを尾行していました。どうやら尾行に気付かれたようです。ラジオ会館というビルに入り、ファティマがジャパニーズ・マフィアと接触しました。そして、彼女はそのジャパニーズ・マフィアが、私を撃つと、私に思わせたのです」

「どういうことだ？」

「彼女は、私を指さしてジャパニーズ・マフィアに向かって、撃てと言ったのです」

「それで？」

「私は先に銃を抜きました。ファティマは逃げ出しました。ジャパニーズ・マフィアが私に近づいてきたので、私は威嚇《いかく》のために二発撃ちました」

「状況はわかった。今どこにいる？」

「秋葉原の駅にいます」

「大勢が君のことを目撃しているのだな？」

「そうです」

「ならばすぐにその場を離れろ。後のことは何とかする」

「ファティマはどうします？」

「監視は中止だ。これは特別の監視ではない。中止してもどうということはあるまい」

ベーリ少佐は少々拍子抜けする気分だった。もっと厳しく叱られるものと思っていた。

しかし、ベンヤミンの声は思いの外穏やかだった。

それでベーリ少佐は提案する気になった。

「いったん、ここから離れて服装を変えて監視を再開するというのはどうですか？」

「そんな必要はないと言っているんだ」

「やらせてください。私は彼女にまんまとしてやられたのです。このままでは……」

ベンヤミン大佐は無言だった。検討しているのかもしれない。やがて、低く静かな声が聞こえてきた。

「自分の尻を拭いたいというわけか？」

「つまり……ええ、そういうことです」

「君は自分のしたことがわかっているのか？」

「はあ……」

「私は、今君をクビにするかどうかを検討していたんだ。あるいは、ガザ地区あたりの最前線に送ってもいい」

ベーリ少佐は、背筋が寒くなった。足元が崩れていきそうな気がした。ベンヤミン大佐の言葉は脅しではない。彼は本当にそれを考えているのだ。

実は、ラジオ会館の階段を駆け下りる間、ずっとそのことを考えていた。

もう、私のキャリアは終わりかもしれない。

ベーリもまた選ばれた人間だった。モサドは軍のエリートによって運営されている。

ベーリ少佐は言った。

「クビにするのなら、今すぐしてください。私はファティマを追います」

「彼女と接触してはならない。絶対に、だ」

「接触はしません。監視するだけです。職務を全うしたいのです。これは私のプライドの問題です」

「とにかく今すぐその場を離れろ。君が警察に捕まったら、イスラエル大使館の面目は丸つぶれだ。善後策も取れなくなる」

「大佐……」

「服装を変えるという君の判断は間違ってはいない。それができると思うのなら、やってみるがいい」

ベーリはぱっと目の前が開けたような気分になった。

「ありがとうございます」

「ただし、もう失敗は許されない」

「わかっています」

電話が切れた。

かすかにパトカーのサイレンが聞こえてきた。自転車で駆けつけた警官の姿も見える。にわかにラジオ会館の周辺があわただしくなり、ベーリはいったん電車に乗って秋葉原を離れることにした。

山手線で御徒町までやってくると、アメ横へ行きジーンズショップに入った。そこで、安いジーパンやスウェットのセーター、それにやはり格安のフライトジャケットを買った。さらにナイキに似せて作った安物のジョギングシューズも買った。

上野駅のトイレに入り、個室で着替えると、着ていたスーツやコートを紙袋に詰めた。個室を出て鏡に自分の姿を映してみると、きちっと整髪されているのが服装とそぐわないような気がした。髪を乱してみたが、短くカットされているのが気になる。

駅のコインロッカーに紙袋を入れると、ベーリは再びアメ横に戻り、野球帽とサングラスを買った。これらの出費を大使館に請求することはできないなと思いながら、ベーリは再び山手線に乗り秋葉原に戻ってきた。

ファティマはまだこの街にいるはずだ。彼はそう思った。

私をまいたことで安心して買い物を楽しんでいるかもしれない。ならば、必ず見つけだし尾行を再開してやる。ベンヤミンに言ったとおり、彼は尾行以上のことをやるつもりはなかった。尾行を完遂すること。それが彼のプライドを守る一番の方策だった。

6

何なのこいつ……。

芳恵は、高橋にいらいらしていた。

どうしてさっさと警察を呼ばないの？　なんでいちいち店に断る必要があるのよ。ストーカーなのよ。あたし、被害にあったのよ。

芳恵は、ふくれっ面で高橋の後ろに立っていた。高橋は、売場の責任者にぺこぺこと頭を下げて何事か小声で話をしている。売場の責任者は、無言でその話を聞いている。いかにも迷惑そうな顔だ。

「はっきりした証拠でもあるのかい？　そいつがストーカーだっていう」

店の責任者が言った。高橋がこたえる。

「いや、彼女がそう訴えているだけで……。でも、明らかに怪しいやつですよ」

売場の責任者は、ちらりと芳恵を見た。顔を見るついでに脚にも視線を走らせたのを芳恵は見逃さなかった。

なによ、オヤジ！

「とにかくね。いい加減なことで警察呼ばれちゃ困るんだよ。店の責任になるんだからね。後で、訴えられでもしたら……」

「はあ、それはわかっているんですが……」

「メーカーのほうから連れてきたコンパニオンだろう。そっちでちゃんと管理してもらわなくっちゃ……」

　アルバイトの間だけは、愛想よくしていよう。芳恵はそう決めていた。仕事だと思ってオヤジたちのセクハラまがいの言動にも耐えてきた。

　そのほうが得だということを知っていたからだ。しかし、腹が立って仕方がない。ついに彼女はフロア責任者に向かってまくしたてた。

「ちょっと、それどういうこと？　あたし、被害者なのよ。どうして警察呼んじゃいけないの？　あそこに犯罪者がいるのよ。ストーカーなのよ。あたし、ラジオ会館のショールームからつけられたのよ。あたしが駆け出したら追っかけてきたのよ」

　フロア責任者は、苦い顔をした。

「大きな声を出さないでくれ」

　高橋はおろおろしている。その様子を見て、芳恵はいっそう腹を立てた。

「あんた、何なの？　はっきりしてよ」

　かっこばかりつけちゃって、いざというとき何にもできないんじゃない！

これまで高橋の前ではずっと営業用の態度をとってきた。だが、もうどうでもいい。

高橋は取りなすように芳恵に向かって両方の掌を向け、それからフロア責任者に言った。

「そのストーカーですけどね、どうやら、ラジオ会館で万引き騒ぎを起こしたらしいんですよ」

「なに」

フロア責任者は、とたんに関心を示した。「万引きだって？　ただのストーカーじゃないのか？」

「自分でそう言ってました」

「万引きとなれば話は別だ。常習なのか？」

「……かもしれません」

高橋がはっきりしないので、芳恵はふくれっ面になって言った。

「そうよ。そうに決まってるじゃない、あんなやつ。あたしが話しかけたら、にやにやと気持ち悪い顔で笑ったのよ。コンピュータのことには詳しそうだった。オタクよ。それに変態よ。きっと万引きの常習犯に決まってるわ」

フロア担当者は芳恵を無視して高橋に言った。

「私ら販売店の人間にとって、一番腹が立つのは何だか知っているか？　万引きだよ。さすがにまだこのフロアでノートパソコンが盗まれたことはない。だが、小物はけっこうやられるんだ。プリンタのインクやメディアといった小物の売場はそれこそひどいもんだ。万引きと聞いては放って置くわけにはいかない」

芳恵は面白くなかった。フロア担当者はストーカーの件はどうでもいいと考えているようだ。

あたしのこと、もっと大切にすべきじゃない！　万引きなんてどうだっていいでしょ。だが、どうやら警察を呼びそうな雰囲気なので、芳恵は黙っていることにした。言いたいことは警察に言えばいい。

フロア担当者は、一つ深呼吸してから言った。

「わかった。警察へは私が電話しよう」

さっさとしてよ。

芳恵は、鼻からふんと息を洩らした。


金崎は、ひっきりなしに電話を掛けていた。六人は二人ずつ三組で動き回っている。その三組に順に繰り返し電話を掛けていたのだ。そうしていないと、たちまち菅井田が不機嫌になってしまうからだ。

菅井田は、彼にしては珍しく人目を気にして一階の隅にいた。それでも、客たちは充分に不穏な雰囲気を察知する。混み合う店内で、二人のいるあたりだけが空いていた。

「どうだ？　何か手がかりはあったか？」

　菅井田が金崎に尋ねた。これも、この短時間に何度も繰り返された質問だった。そして、金崎の返事も同じだった。

「いいえ。まだ、何も……」

　金崎はすでにうんざりしはじめているようだ。態度に出すまいとしているが、顔つきでわかる。

　菅井田は言った。

「いいか。絶対に諦めるな。極道が諦めたら終わりだぞ。素人が悲鳴を上げるくらいにしつっこくするのがヤクザだぞ」

「はい。わかってます。ですが、あいつはもう秋葉原から離れているということも……」

「だったら、秋葉原を離れたという証拠を持ってこい」

「はい」

「絶対に足取りをつかむんだ。秋葉原を離れてたっていい。どこまでも追っかける。その手がかりは秋葉原にしかねえ。そうだろう」

「そのとおりです」

「てめえ、俺が撃たれたってことの重大さがわかってるのか」

「それは、もう充分……」

菅井田は、次の一言を呑み込んだ。さっと本棚の陰に隠れる。金崎が菅井田の視線を追って、同様に身を隠した。

菅井田は、警察官がやってくるのを見た。二名だ。二人とも制服を着ており、一人は中年、一人は若い。

「くそ……。こんなところまで調べにやってくるのか……」

「聞き込みにしちゃ、変ですね。地域課の仕事じゃありませんよ」

「だが、事実警察はやってきた。若い衆の動きが派手すぎたんじゃねえだろうな」

「連中は何も言ってませんでしたよ」

見ていると警察官たちは、一階の店員にも客にも質問するようなそぶりは見せず、まっすぐにエレベーターに向かった。

「上に行くようですよ」

金崎が言った。

「見りゃわかる」

「妙ですね」

菅井田は考えた。だが、警察官たちの目的がわからない。聞き込みなら、まず一階の店員に話を聞くはずだ。

不審な人間を探している様子もない。

「たしかに妙だ。しばらく様子を見るとするか……」

「なんて日だ」

沼田《ぬまた》巡査部長は、エレベーターに乗って北原《きたはら》巡査と二人きりになると、うめくようにそう洩らした。

交番の勤務というのは、決して楽なものとは言えないが、それでもほとんどはルーティンワークだ。慣れてしまえば平穏なものだ。日勤、第一当番、夜勤の第二当番、非番というローテーションも、長年勤めた今となってはそれほど苦にはならない。

今日は特別な日だった。

拳銃の発砲事件など、そうあるものではない。通信司令センターからの地域系の無線で第一報が流れ、署活系の無線で署から指令が来た。まず、現場に最初に駆けつけたのは沼田巡査部長と北原巡査の二人だった。

発砲事件とあって、すぐさま署から刑事やら鑑識やらがやってきて、沼田巡査部長は野次馬整理に回された。

聞き込みの結果、どうやらヤクザが絡んでいるらしいことがわかった。それと、外国人の男女が目撃されている。

外国人とヤクザ。最近の犯罪のひとつのパターンだ。不法入国や麻薬取引。そういった類《たぐい》のトラブルだ。

発砲したのは外国人のほうだという。どこかの国のマフィアかもしれないと、沼田は思った。マフィアとヤクザのトラブル。これも最近では珍しいことではない。

「行きずりの犯行だと、犯人は割れないな……」

沼田巡査部長は独り言のように言った。日本の警察の検挙率はたいへんに高いが、行きずりの犯行だけは話が別だ。捜査の第一歩が地取り捜査なのだ。その段階で捜査が進まないと、鑑取りもうまくいかない。

迷宮入りする事件のほとんどは、土地鑑のない犯人によるもの、つまり、行きずりか流しの犯行なのだ。

「まるで、他人事《ひとごと》みたいに言いますね」

「捜査なんざ、他人事だよ。私ら地域係にとってはな。私らは、住民の苦情に対処していればいい。喧嘩に酔っぱらい、そして、今回みたいなストーカー騒ぎだ」

沼田巡査部長は、発砲事件の現場からこのエース・コンピュータ館に回るように、署活系の無線で指示された。ストーカーでなおかつ万引きの常習者らしい男の身柄を押さえているという。

「ストーカーは立派な犯罪行為ですよ。本庁のほうでも本格的に対処方法を検討しています」

「君に言われんでもわかっている。だがな、こういう通報のほとんどは、事件性のないものだ。本人同士が直接話し合えばそれで済むような場合が多い」

「今回もそうとは限りませんよ。とにかく、通報があった以上は対処しないと……」

沼田巡査部長は密かに溜め息をついた。

こいつの若さがうらやましい。純粋で情熱的だ。私も、こんな時代があったのかもしれない……。

「ああ、そうだな」

沼田巡査部長が気のない返事をしたとき、エレベーターは、五階に着いた。混み合う店内で、何とか従業員をつかまえ通報してきた人物の名前を言った。事務所のほうにいるという。行ってみると、事務所とはいっても、フロアの一画を衝立で仕切っただけのものだ。衝立にドアがついており、ノックして入ると、中に三人の男と一人の女性がいた。

若い女は、グリーンのジャンパーにおそろしく丈の短い白いスカートという恰好だった。街角でポケットティッシュやビラを配っている女のような恰好だと沼田巡査部長は思った。何かの制服に違いなかった。

その女は顔立ちは美しいが、表情が魅力的とは言えなかった。ふくれっ面だ。

通報してきたのは、このフロアの責任者だという。戸田という名で、三十五歳前後のどことい って特徴のない男だ。

すっきりとした身なりの男が、家電メーカーの営業マンだという。名前は高橋。今、彼が勤めるメーカーでは新型パソコンのキャンペーンをやっており、若い女はそのために彼の社で雇ったキャンペーンガールだという。ストーカーだと騒いでいるのは、この娘だ。名前は仲田芳恵。女子大生だが、アルバイトでモデル事務所に所属しているという。

おどおどしている若者がそのストーカーらしい。

見るからに冴えない若者だ。緊張と興奮のためか、頰が上気している。

まず、無線で署に現地到着《ゲンチャク》の報告をした。

「じゃあ、何があったか詳しく話してください」

沼田が言うと仲田芳恵がまくし立てた。

「こいつが、あたしの後をつけ回したのよ。最初に会ったのはラジオ会館のショールームよ。そこであたしが声を掛けたの。もちろん、仕事だからよ。営業よ。だけど、そいつはすっかり勘違いして、あたしのこと見張ってたのよ。会社から言われてこっちの売場のほうへ移動することになったの。そしたら、こいつ、後をつけてきたのよ。道で振り向いたらすごい顔をして追っかけてきたわ。今にも飛びかかりそうな勢いだったわ。あたしは、怖くなって逃げ出したの。そしたら、こいつ、追ってきたのよ」

沼田は、仲田芳恵の供述などどうでもよかった。だが、ラジオ会館というのがひっかかった。

「あなた、ラジオ会館にいたんですか？　ラジオ会館の何階です？」

「六階よ。ショールームの前でパンフレットを配っていたのよ」

発砲事件があった階だ。そして、たしかに事件があった店の向かい側にはメーカーのショールームがあった。

「そこを出たのは何時頃ですか？」

「二時前だったと思うわ」

発砲事件の通報が二時五分。事件が起きたのはそれから五分ほど前のことだから、ちょうど二時頃のことだ。

「発砲事件があったのをご存じですか？」

「ハッポウ事件？」

仲田芳恵は相変わらずのふくれっ面で沼田を睨んだ。「何よ、それ」

「誰かが拳銃を撃ったのです」

「そんなの、知らないわよ」

沼田は、北原巡査の顔を見た。北原は仲田芳恵の脚に見とれていたが、はっと沼田に視線を向けた。

なるほど、こんな娘でも若い男にとっては魅力的なのだな。沼田はそんなことを思った。

たしかにスタイルはよく、顔立ちも美しい。しかし、この態度はいただけない……。

「この人たちがラジオ会館を出てからのことらしいな」

「そのようですね」

「何を言ってるの？　あたしは、こいつがストーカーだと言ってるのよ。それに、こいつ、万引きもやってるんだから」

沼田は、すっかり意気消沈している若者に尋ねた。

「あなた、名前は？」

「六郷史郎です」

「彼女の後をつけ回していたというのは本当かね？」

「そんなこと、してません。僕はただ逃げていただけです」

沼田はふと懐かしさを感じた。六郷史郎のお国訛のせいだった。

「あんた、東北かね？」

「ええ、秋田です」

「やっぱり秋田か。秋田のどこだ？」

「平鹿《ひらか》郡大森町です」

「大森か。私は横手の出身だ」

六郷史郎の表情に、ようやくわずかな安堵《あんど》の色が見えた。たぶん、東京に出てきて間もないのだろうと沼田は思った。彼にもその心細さは覚えがある。

「逃げていたといったが、何から逃げていたんだね？」

「ヤクザです」

「ヤクザ？」

「はい。ラジオ会館のパーツショップで、万引きと間違えられて、店の人につかまっていたんです。万引きもしていません。ちょっとした誤解なんです。そこへ、ヤクザが二人やってきて……。何だか、店の人はそのヤクザに借金があるような話をしていました。僕は怖くなってそこから逃げ出したんですが、ヤクザの一人が追ってきたんです。夢中で逃げていたら、目の前をその女の人が歩いていたんです。別に後をつけたわけじゃありません。そうしたら、突然、その人が逃げ出したので……」

「追っかけたというのか？」

「はい……。自分でもどうして彼女の後を付いていったのか説明できないんです。怖くて誰かの助けがほしかったのかもしれません」

「嘘よ！」

仲田芳恵が言った。「そいつ、あたしが話しかけたもんだから、すっかり勘違いしたのよ。そして、あたしが逃げたので、頭に来て追いかけてきたんだわ。あたしに何かするつもりだったのよ」

沼田はうんざりした。

彼女の言い分など、どうでもよかった。どうせ正式に訴えを起こせるような出来事ではない。それよりも、六郷史郎の証言に興味があった。仲田芳恵の言葉を無視して、六郷史郎に尋ねた。

「そのパーツショップの名は？」

「名前はよく覚えていませんが、彼女がいたショールームの向かい側にある小さな店です」

発砲事件はその店の真ん前で起こった。そして、どうやら六郷史郎が言っているヤクザというのが、目撃されたヤクザに間違いなさそうだ。

沼田は振り向いて北原に言った。

「ヤクザと店の従業員の間に金銭的なトラブルがあるとしたら、鑑が取れるな……」

北原はうなずいた。

「そのヤクザを見つければ、何かわかるかもしれませんね」

「君はそのヤクザの顔を見ているんだね？」

「はい。見ています」

「二人とも、もう一度顔を見れば、その人とわかるね？」

「わかります」

「さっきも言ったが、君がいた店の前で発砲事件があった。どうやら、君の言うヤクザがその事件に関係しているらしい。詳しく話を聞きたいんで、ラジオ会館のほうへ来てくれるかね？」

六郷史郎は迷っているようだった。万引きの件を気にしているのだろう。

「あんたは万引きをやっていない。そうなんだろう？　ならば、その店員の言うことは気にしなければいい」

「それでいいんですか？」

「私は万引きもストーカーも事件にするつもりはない」

「ちょっと待ってよ」

仲田芳恵が憤慨した様子で言った。「それ、どういうことよ。あたし、被害に遭っているのよ」

沼田は言った。

「正式に訴えを起こすということがどういうことなのかわかっているのかね？　彼の証言を聞く限り、彼は何もしていない。場合によっては、名誉毀損《きそん》などで逆にあなたも訴えられることになるかもしれませんよ」

「名誉毀損……？」

「そうです」

沼田は、立ったままじっとこちらを見ているフロア責任者の戸田《とだ》と、メーカーの営業の高橋を見た。

「あなたたちも、もっと冷静に物事に対処してくれなければ困ります。この程度のことで訴えが起こせると思ったのですか？　彼女は何日もつけ回されたわけではない。精神的苦痛を与えたというのなら傷害罪にも当たりますし、実際に痴漢行為に及んだとしたら強制猥褻《わいせつ》の罪になります。ですが、彼はそれらの罪にも当たらない。そんなことはちょっと考えればわかることです」

　沼田は、普段からその点を不満に思っていた。自分たちで話し合えば解決することを、何でも警察任せにしようとする。最近、住民は皆無責任になってきているような気がしてしかたがなかった。

　それから沼田は、六郷史郎にも注意をすることにした。

「他人から疑われるような行動は慎《つつし》むことだね。彼女に誤解されたり、万引きと間違えられたりするのは、あんたの側にも問題があるのかもしれない」

　六郷史郎は、一瞬心外そうな顔をしたが、すぐに目を伏せてうなずいた。

「部長、いちおう被害届を書いておいたほうが……」

　北原巡査が言った。どうでもよかった。形式的なことだ。届けを出したところで、この場合は事件になることはない。仲田芳恵にまだその気があるのなら調書を取ればいい。

「どうします？」

沼田は仲田芳恵に尋ねた。

「もちろん、被害届は出すわよ。あたし、精神的苦痛を受けたんですからね」

北原にやらせることにした。彼はどうやらこの若い女と話をするのが楽しいらしい。独身の警察官は若い女性と接する機会があまりないので、それも無理はないかもしれない。

北原は、まず仲田芳恵を椅子に掛けさせ、その隣に椅子を持っていって腰を下ろした。規則通り、氏名・年齢・住所をまず尋ねた。彼女の言い分を簡潔にまとめて書き、日付を入れて、拇印をもらえば終わりだ。

沼田はその間を利用して、無線で署に連絡を取った。発砲事件に関わりがあると思われる暴力団員風の男の目撃者を見つけたことを知らせる。それから彼は、六郷史郎に尋ねた。

「ヤクザの一人に追われてここへ来たと言ったね？　じゃあ、このビルにそのヤクザがいるということか？」

「そうだと思います」

「いちおう、見回ってみるか……」

沼田がそう言ったとき、無線で呼び出しがあった。

今報告したばかりの事実の確認かもしれないと思った。だが、無線からは別件を知らせる声が流れてきた。

「沼田主任、現在位置をどうぞ」

「こちら、沼田。まだ、エース・コンピュータ館におります。どうぞ」

「えー、エース・コンピュータ館から、爆弾を仕掛けたという脅迫電話があったとの通報あり。繰り返す。エース・コンピュータ館から、爆弾を仕掛けたという脅迫電話があったと……」


李源一は、時計を見た。二時半になった。すでにチェルニコフがエース・コンピュータ館に発煙筒を仕掛け終えているはずだった。彼は、携帯電話を取り出して、エース・コンピュータ館に電話をした。最初に出たのは女性の交換手らしかった。

「責任者を出してくれ」

「失礼ですが、そちら様のお名前は？」

「責任者を出せ」

「ご用件を承ります」

「店内に爆弾を仕掛けた。詳しいことは、責任者に話す」

一瞬の沈黙。やがて、交換手は言った。

「少々お待ちください」

しばらくすると、男の声が聞こえてきた。

「お電話代わりました。どういうことでしょう」

「店長か？」

「店長に代わって、私が話をうかがいます。私は警備の責任者です」

李源一は、緊張していて相手の対応に腹が立った。

落ち着け。

李源一は自分に言い聞かせた。

おそらく、そういうマニュアルになっているんだ。脅迫電話などがあったら、まず警備責任者に回される。

相手が誰であろうと構わない。李源一は、店の責任者に伝えるつもりだったことを、この警備責任者に伝えればいいと考えた。

「店内に時限爆弾を仕掛けた。爆弾は複数ある。今から解除するのは不可能だ。被害を出したくなければ、すぐに客と従業員を避難させろ」

「待ってください。いったい、何の目的で爆弾を……」

「繰り返す。店内に時限爆弾を仕掛けた。爆弾は複数ある。解除は不可能だ。すぐに店内にいる人間を全員避難させろ。これはただの脅しじゃない」

李源一は電話を切った。

これでいい。今頃、警備担当者は、どうすべきか考えているだろう。その後の対応もマニュアルにあるに違いない。まずは、客の安全を最優先するはずだった。

あとは、トラックをビルの脇に横付けして、倉庫からできるだけ多くのパソコンを運び出すだけだ。

簡単なことだ。失敗などするはずはない。李源一は運転するだけだ。あとのことは、すべてチェルニコフたちに任せておけばいい。

李源一は、自分にそう語りかけて、何とか気分を落ち着かせようとしていた。


「店長。食事行ってきてもいいですか？」

石館が言った。まだ、店の外は警察官が行き来しており、あわただしい雰囲気だった。おかげで客は一人もいない。

「何時だ？」

店長は時計を見た。「もうじき二時半だ。もうそんな時間か……」

「あの、メシは……？」

「ああ、構わんよ。だが、なるべく早く戻ってくれ」

「わかってますよ」

石館は店を出て、エレベーターへ向かおうとしたが、ふと向かいのショールームが気になった。お気に入りの彼女はどうしているかと思ったのだ。もしかしたら、話しかけるチャンスかもしれなかった。発砲事件のことは共通の話題になり得る。

ショールームを覗いたが、彼女の姿は見えなかった。どこか裏にいるのだろうか。それともう上がったのかな……。

そのとき、石館はふとエース・コンピュータ館にも彼女と同じ制服を着たキャンペーンガールがいたことを思い出した。それに気付いたのは、昨日、食事のついでにエース・コンピュータ館に新製品のチェックに行ったときのことだった。

そうか、キャンペーンガールはあっちとこっちを行き来しているのかもしれない。彼女は向こうにいるかもしれない。

石館はそう気付くと、エース・コンピュータ館に行ってみても損はないような気がしてきた。彼女に話しかけるチャンスがあるかもしれない。

メシなど後でいい。ちょっと彼女がいるかどうかを確かめよう。石館は、ラジオ会館を出ると、エース・コンピュータ館に向かった。

何事も面倒くさいと考える石館にしては珍しい行動だった。

まったく、なんて日だ……。

沼田は、またしても心の中でつぶやいていた。

北原は、書類作りどころではなくなった。無線の内容はその場にいた全員に聞こえていた。沼田は、フロアの責任者である戸田に尋ねた。

「このビル全体の責任者の方にお会いしたいのですが……」

「店長のことですか？」

戸田も顔色を失っている。誰もが不安げだった。

「ええ」

「最上階にいます。イベントフロアの脇に事務所があります」

「八階ですね？」

「そうです」

沼田はうなずくと、北原に言った。

「私は、店長に会ってくる」

戸田が言った。

「客や従業員はどうしたらいいんです？　すぐに避難させますか？」

「このビル全体からすべての人が避難するのにどれくらい時間がかかります？」

「従業員だけなら、三十分ほどで避難は完了します。避難訓練をやっていますから……」

「問題は客です。うまく誘導したとしても、とても三十分やそこいらで終わるとは思えない。そのへんのことを、責任者と相談してきますよ。いいですか？　へたに動いて客がパニックでも起こしたら一大事になります。私が戻るまで、絶対に脅迫のことは口外しないように。北原、ここを頼んだぞ」

北原も不安げな顔をしていた。

八階の事務所はきわめて質素なものだった。狭い部屋にぎっしりとスチール製の机が並べられている。机にはそれぞれ一台のパソコンが載っていた。

その事務所内は緊張に包まれていた。沼田が部屋に入っていくと、その場にいた全員がさっと沼田のほうを見た。女性が二人に、男性が三人。

「店長はどなたです?」

沼田が言うと、痩せた小柄な男が立ち上がった。

「店長の里見《さとみ》です」

「脅迫電話を受けたのは、あなたですか?」

「いえ、彼です」

里見店長は、男の一人を指さした。その男は少々太り気味だががっちりとした体格をしている。ガードマンの制服を着ていた。沼田は、その男に警察官の臭いを感じた。

「警備責任者の笠原《かさはら》です」

笠原は敬礼をした。その敬礼が様になっている。ひょっとしたら、この男はかつて警察官だったのではないかと思った。警察官をやめて民間の警備会社に勤める人間は多い。

「詳しく話してください」

「交換から電話が回ってきました。脅迫などの場合、私のところに電話が回ることになっているのです。相手は、言いました。時限爆弾を仕掛けた。被害者を出したくなかったら、すぐに全員を避難させろと……」

「それだけですか？」

「それだけです」

「妙ですね。何か要求とかはなかったのですか？」

「ありませんでした。こういう場合、いくつかのことが考えられます。まずひとつは単なるいたずら。大騒ぎする様子を眺めて楽しむわけです。この店になんらかの怨みがある場合もあります。あるいは、ビルを空っぽにしておいて、品物を盗み出すということも考えられます」

沼田は、里見店長に尋ねた。

「誰かに恨まれているというようなことは？」

里見は苛立った様子で言った。

「わかりませんね。逆恨《さかうら》みする客はいくらでもいますよ。私どもはパソコンを扱っていますんでね。パソコンというのは普通の家電とはまったく違っているのです。初期不良といって出荷した段階で不良品が数パーセント混じっているのです。それに対するサポートはしていますが、そのサポートが充分でないといって恨む客はいますよ。また、自分でＯＳの中の大切なファイルやレジストリをいじってしまって、起動しなくなったといって持ち込んでくる客もいますが、そういうのは対処しきれません。有償でＯＳのリストアはできますが、その際、過去のデータはすべて失われてしまいます。そういうのも逆恨みの対象になりますね。パソコンというのは、まだまだ一般に理解されていないのです。一般の家電と同じ感覚で購入される客は、ひどく腹を立てることもあるのです」

沼田は、里見店長が言ったことの半分も理解できなかった。だが、どうやら、パソコンというのは、いろいろと恨みを買いやすい商品であることはわかった。

今度は笠原に尋ねてみた。

「こういう場合のマニュアルは？」

「すみやかに客と従業員を避難させます。それしかありません」

笠原がそう言うと、里見店長がしかめっ面をした。

「それは、本当に爆弾が仕掛けられていると、わかったときのマニュアルだ」

「しかし……」

笠原は、里見に向かって言った。「もし、本当だったら、手遅れになる恐れがあります。一般市民の安全を第一に考えないと……」

「爆弾など仕掛けられるものか。いたずらに決まっている」

「そうかもしれません。しかし、そうとは限らないのですよ。最悪の事態を考えて行動しないと……。避難マニュアルはそのために作られたものです」

「ここで店を閉めたら、売り上げがどれだけ落ちると思っているんだ。コンピュータ販売は毎日が戦争なんだ。一時間、いや、一分だって無駄にはできないんだ」

「じゃあ、どうすれば……」

「店内をくまなくチェックするんだ。爆弾のことは警察に任せよう。なに、いたずらだよ。どうせ、爆弾などありはしない」

笠原は、不満げに里見を見つめていたが、彼にはどうしようもできなさそうだった。沼田は言った。

「警備責任者の方の言うとおりにしたほうがいいと思いますがね……」

「本当に爆弾があるのなら、言うとおりにしますよ」

沼田は舌打ちをしたい気分だった。里見店長にとっては、一日の売り上げが何より大切なのだ。こういう人間になにを言っても始まらない。とにかく、店内をチェックすることだ。

沼田は事情を把握したので、署に連絡することにした。地域係の警官が一人で対処できる問題ではない。爆弾となれば警備課の出番だ。場合によっては、本庁から爆弾処理班を呼ぶ必要がある。

無線で署に連絡を取ると、沼田は言った。

「それでは、すぐに店内のチェックを始めましょう。それから、念のため避難の段取りを始めてください」

　笠原はうなずいた。

「まず、各フロアの責任者に電話で連絡を取ります。フロアの態勢が整ったら、館内放送で、火災の発生を呼びかけます。あとは、従業員が誘導します」

「けっこう」

沼田は言った。「私たちも誘導に手を貸しましょう。段取りを教えてください」

　笠原が説明した。

「まず、低層と高層に分けます。まず高層です。八階の客から順に階段で避難させます。それから順次下の階へと移っていきます。高層の客が階段を下っている間に、二階、三階の客をすみやかに避難させます。四階は状況を見て、低層組に入れるか高層組に入れるか判断します。従業員はトランシーバーで連絡を取り合います」

「つまり、高層の客と低層の客を同時に階段で下ろしていくわけですね。ということは、四階か五階が一番最後になる」

「そういうことになります。ですが、それほどの時間はかからないと思います」

「私は五階に行って部下と合流し、店内の不審物を探します。警備の方に、不審物には決して手を触れないように徹底してください。発見したら、すぐに私に連絡をください。五階にいます。爆弾の中には振動を与えただけで爆発するものもあります」

「了解しました」

「じきに、署から応援が駆けつけるはずです。では、すぐにかかってください」

沼田は、エレベーターで五階へ向かった。

エレベーターには数人の客が乗り合わせた。何も知らない彼らを眺め、沼田はまた、心の中でつぶやいた。

まったく、なんて日なんだ。


石館は、エース・パソコン館にやってくると、エスカレーターに乗り、各フロアを見渡していった。

お気に入りのキャンペーンガールがいるとしたら、DOS／V機の売場かノートパソコンの売場だろうと目星をつけていた。だが、どちらのフロアにも彼女の姿はない。

なんだ……。こっちに来ていたわけではないのか。シフトの関係でもう帰宅したのかもしれないな。

五階のノートパソコン売場でぼんやりとたたずみ、そんなことを考えていた。

すると、エレベーターから警察官が出てくるのが見えた。警察官は明らかに張りつめた表情をしている。客をかき分けるようにして、隅の衝立の向こうへ駆けて行った。

なんだ？　何かあったのか……。

店内の様子はいつもと変わらないように見える。だが、石館は気付いた。従業員の様子がおかしい。さきほどの警官同様に張りつめた表情をしている。

何か起きているに違いない。彼女がいないとしたら、こんなところに長居は無用だ。そう思ってエスカレーターに向かおうとしたとき、さきほどの警官が衝立の向こうから現れた。別の若い警官もいる。そして、それに続いてあのキャンペーンガールが現れたのだ。

やっぱりここにいたのか。

そして、石館は、そこにあの万引き男がいるのを見た。彼らは、店の従業員らしい人たちと衝立の向こうから出てきた。衝立の向こうは事務所になっているのだろう。

あの万引き男、この店でも何かやらかしたのだろうか？　でなければ、警察官といっしょにいるはずがない。ついに、警察沙汰となったのだ。いい気味だ。

しかし、あのキャンペーンガールといっしょにいるというのはどういうことだろう？

もしかして、彼女が万引きの現場を見つけたのかもしれない。あるいは、あいつが彼女に何かしたのだろうか……。

そこまで考えて、石館はかっと頭に血が上った。

なんで、あいつは彼女の周りをうろちょろしているんだ？　彼女に相手にされるとでも思っているのか？

いかにも冴えない若者の様子にも何だか腹が立った。石館はコンピュータ・マニアだ。

だからこそ、コンピュータ・マニアにはそれなりのスタイルがなければならないと考えている。いかにもオタクだという恰好で秋葉原をうろつく連中を毛嫌いしていた。彼の考えでは、コンピュータ・マニアはそれなりに洗練されていなければならないのだ。

あいつは洗練されていない。その上、万引き犯だぞ。

店の従業員の緊迫した態度は、あの冴えないやつやキャンペーンガールと何か関係があるのだろうか？

石館はもう一度、店内の様子を見た。客たちは相変わらず、商品を物色するのに夢中になっている。だが、従業員の緊張の度合いは増していくような気がしていた。やがて、特定小電力無線電話《トランシーバー》を手にしている従業員がいることに気付いた。

これはただ事ではない。

すぐに、ここを出たほうがいい。トラブルに巻き込まれるのはごめんだった。そんな面倒くさいことは考えるのも嫌だった。

だが、すぐそばにお気に入りのキャンペーンガールがいる。これは、話しかけるまたとないチャンスなのかもしれない。あの万引き男が何をしたにせよ、石館はまんざら関係がないわけではない。警察に万引きの件を証言してもいい。

警官の一人が無線でしきりに連絡を取り合っている。万引き男とキャンペーンガールは、そのそばを離れようとしない。石館は、迷った末に彼らに近づいていった。

万引き男が石館に気付いて目を丸くした。怯えているようだ。キャンペーンガールのほうも気付いてくれないかと思ったが、彼女は石館のことなど眼中になさそうだった。

「お巡りさん」

石館は声を掛けた。二人の警察官が同時に石館のほうを向いた。

「そいつ、何かやったんですか？」

無線機を持った年かさの警察官が言った。

「何だね、あんた……」

「そいつ、僕が勤めている店で万引きをやろうとしたんです」

「……というと、あんた、ラジオ会館のパーツショップの従業員かね？」

「そうです」

「どうしてここにいるんだ？」

「ちょっと用がありましてね」

「ちょうどいい。訊きたいことがあったんだ。発砲事件に関係しているヤクザだが、おたくと何か関わりがあるそうだね？」

しまったと思ったが、もう遅かった。店長はあのヤクザどものことを、警察に話さなかった。ごまかすわけにもいくまい。正直にこたえるしかなかった。

「ええ。店長がヤクザどもから金を借りているんです。どうやら、はめられたらしいんです。ヤクザどもは地上げをしようとしているんです」

「客同士のトラブルだったと店長は言っていたが、それだと事情が変わってくる。もう一度、ゆっくり話を聞かなければならないな。店長にも、あんたにも、そして、そこにいる六郷さんにも……。とにかく、そのことは後だ。あんた、早いとこ店に戻ったほうがいい」

「今、昼休みなんですよ」

「こんな時間に？」

「そうです。だから、どこにいようと自由でしょう。それより、そいつはおそらく万引きの常習犯ですよ。やることが計画的だった」

「その話ももう済んだ。どうやら、あんたたちの勘違いらしい。いずれにしろ、今となっては、六郷さんが万引きをしようとしたかどうかを証明することはできないんだ。さあ、わかったら、早く店に帰るなり、昼飯を食いに行くなりしたらどうだ？」

　警察官は、しきりにあたりを気にしている。石館は、思わずその視線を追った。階段のほうで、制服を来た警備員たちが、しきりに歩き回っている。

　キャンペーンガールが言った。

「そんな話をしているときじゃないでしょう。あたし、帰るわよ。荷物、ショールームのほうに置いてあるから……」

石館は警官に尋ねた。

「何が起きているんです？　何だか様子が変ですけれど……」

そのとき、フロアの一角がにわかに騒がしくなった。

見ると、どこからか煙が噴き出している。その煙はたちまちフロアを流れ始めた。

7

「ゲンさん。連中、エース・コンピュータ館にいるらしいよ」

タッつぁんは、小野木源三の店先から声を掛けた。電子部品の洞窟の中から、小野木源三の声が聞こえてくる。

「ヤクザどももか?」

「ああ。ヤクザどもは、どうやら仲間を呼び集めたらしい。何のつもりか知らないが……」

「仲間?　何人だ?」

「五、六人。たぶん六人だ」

秋葉原はおそらく日本一、携帯電話の密度が濃い土地だ。タッつぁんの連絡網は、携帯電話によって構築されており、たちどころに秋葉原の中の情報が集められる。

商店街の噂話から大型店の安売りの情報、どこかの店の従業員の不倫の話題まで何でも知ることができる。

店先に下がっていたケーブルがわさわさと揺れた。白髪に白ひげの小野木源三老人が顔を出す。

　タッつぁんが怪訝《けげん》そうな顔で尋ねた。

「何だい、ゲンさん。どこ行こうってんだ？」

「ちょっと、エース・コンピュータ館へな……」

「おいおい、よしなよ。物好きだな」

「物好きでなけりゃ、ここで商売はやっておらんて……」

「ゲンさんは、ラジオストアにいるからこそみんなに一目置かれてるんだ。ここを出ちまえば、ただのじいさんなんだぜ」

「なめるなよ、タツ。秋葉原は俺の庭だ」

　小柄な小野木源三は、見上げるようにタッつぁんを一睨みすると、電子部品のジャングルを意外なほどしっかりとした足取りで歩き去った。


　ファティマは、LAOXザ・コンピュータ館を出ると、近くのエース・コンピュータ館に向かった。エース・コンピュータ館は彼女のお気に入りの店の一つだった。

品揃え、価格、サービス、いずれも申し分ない。中でも、品揃えの点では満足していた。

パソコンだけでなく、周辺機器の種類も豊富だ。

　ウインドウ・ショッピングの締めくくりはこのエース・コンピュータ館にするつもりだ

った。

ビルに入るとすぐにエスカレーターに乗った。彼女は、習慣でなるべくエレベーターを使わなかった。エレベーターは密室だ。それだけ危険が多い。

彼女はDOS／V機の売場とノートパソコンの売場を見て回るつもりだった。最新の機器の知識を仕入れておかねばならない。国ではそういう情報を欲しがる人々もいる。

モサドの尾行者と日本のヤクザにまんまと一泡吹かせたことで、彼女はすっかりいい気分になっていた。


菅井田は、階段ホールの近くで様子をうかがっていたが、はっと壁際に身を潜め、金崎の上着を引っ張った。

「何です？」

金崎もさっと壁の後ろに身を隠すと尋ねた。

「見ろ。あの女だ」

「女……？　女がどうかしたんですか？」

「俺に喧嘩を売って、男に銃を撃たせた」

「何です？　そりゃどういうことです？」

菅井田は苛立った。

「何でもいいから、みんなを呼び寄せろ」

「銃を撃った男のほうは……？」

「後回しだ。あの女をとっつかまえれば、男のこともわかるはずだ。あのアマ……、ただじゃおかねえ……」

金崎は、訳がわからない様子ながら、携帯電話で連絡して、あたりを探し回っている仲間を呼び集めた。

「でも、おやっさん。あまり目立つと、警察が……」

「かまうこたあねえ。見たところ、ここにやってきた警官二人は、どうやら俺たちを探しているわけじゃねえらしい。いいか？　あの女はただもんじゃねえ。慎重にやるんだ。俺が命令するまで手を出すな。全員に徹底しておけ」

「わかりました……」

金崎が電話を掛けると、ほどなく六人の組員が駆けつけてきた。とたんにエース・コンピュータ館の一階はものものしい雰囲気に包まれた。居合わせた客がぎょっとした表情でヤクザの集団を眺めている。

組員たちは、周囲を威圧しつつ菅井田の話に耳を傾けた。

「いいか。中近東系の女だ。背が高い。服装は黒いスラックスに白いセーター。それに紺色のコートを着ている。ちょっと前にエスカレーターに乗って上へ行った。携帯電話で連絡を取り合って尾行しろ。余計なことはするな。見失わないように後をつけるだけだ」

六人の組員はうなずいた。

「二人ずつに分かれて行動しろ。さあ、行くんだ」


煙と爆弾は本来何の関わりもない。爆弾はたいてい、煙などが出る前に爆発する。しかし、爆弾が仕掛けられているという話を聞いていた仲田芳恵の頭の中では、異常事態はすべてたやすく爆弾に結びついてしまうのだった。

「爆弾よ！　爆発するわ！」

恐怖に囚われた芳恵は、思わず叫んでしまった。

「何ぐずぐずしているのよ！　あんた、警察官でしょう？　高橋さん、あんたもよ。ここに連れてきた責任があるでしょう？　あたしに何かあったらあんたたちの責任ですからね」

芳恵は夢中で喚いていた。

フロアにいた客は、爆弾という言葉に反応した。

「爆弾だって？」

「爆発するって？」

そんなささやきがほうぼうで聞こえた。不安げに芳恵を見つめている客もいる。

「静かにしてください」

警察官が言った。無線機を持っている中年のほうだ。「静かにしてください」

「何よ、それ。静かにしろですって？　あたし、ラジオ会館に戻るわよ。こんなところにいられないわ」

「爆弾て何です？」

パーツショップの店員が尋ねた。芳恵は苛々した。なんて間抜けな顔なの？　爆発するのよ。

爆弾という言葉と、不安げなざわめきがフロアの中に徐々に広がりつつあった。

中年警察官が言った。

「勝手に動いてはいけない。従業員の指示に従うんだ」

それから、彼はまた無線で署と連絡を取った。

勝手に動くなですって？　冗談じゃないわ。あたしはこんなところにいる必要はないのよ。あたし、出て行くわ。

芳恵はエレベーターに向かおうとした。だが、歩きだそうとした瞬間に腕をつかまれた。

中年の警察官がつかんだのだ。

「何すんのよ」

「今勝手に歩いてはかえってあぶない。従業員の指示に従ってください」

また、パーツショップの店員が言った。

「ねえ、爆弾て何のことです？」

衝立の向こうで電話が鳴っている。フロア責任者の戸田が衝立の向こうに消え電話を取った。戸田は戸口から大声で言った。

「お巡りさん。あなたにです」

警官は、芳恵に言った。

「いいですか？　へたに騒ぐとかえって取り返しのつかないことになりますよ。ここにいてください。すぐに戻ってきます」

「ばか言わないで。どうして、ここにいなきゃいけないの？　もう、高橋さん。何か言ってよ」

芳恵は恐怖に駆られ、何もしようとしない男たちに猛然と腹を立てた。ストーカー男は、ただ口を半開きにして呆然としている。

「あんたのせいよ！」

芳恵は言った。「もう、みんなあんたのせいなんだから」

警官は芳恵に取り合わず、衝立の向こうの事務所に消えた。

芳恵は、恐ろしく、なおかつ腹が立ち、いつしか泣き出していた。

電話は警備担当の笠原からだった。

「三カ所から煙が上がりました。あなたの指示どおりに警備員には手を触れないように言ってあります」

沼田巡査部長は言った。

「それでけっこう。それで、どういう様子なんです？　火は出ていますか？」

「いえ、煙が猛然と噴き出していますね。発煙筒か何かかもしれません。場所は、三階、四階、五階のトイレの脇です。この店の紙袋から煙が上がっているように見えます」

「予告どおり、その紙袋が爆発する恐れもあります。警備員を下がらせてください。客を避難させてください。従業員の指示に従うように呼びかけるのです」

「了解しました。……あ、ちょっと待ってください」

電話が中断した。沼田は苛々した。やがて、再び笠原の声が聞こえてくる。

「今、犯人らしい男から再び電話がありました。これで本気だということがわかっただろう。煙は脅しだ。だが、次は本当に爆発する。そう言っていました」

「要求は？」

「ありません」

「わかりました。署に連絡します。客の避難を急がせてください」

沼田は、電話を切り、無線で署を呼び出した。

くそっ。いったい、署では何を手間取っているんだ。どうして誰もやってこないんだ？　俺たち二人でどうしろというんだ……。

菅井田三郎は、訝《いぶか》しげに店内を見つめていた。

エレベーターが開いたとたん、客たちが我先に飛び出し、店を出ていった。まるで何かから逃げているようだ。

まさか、うちの若い衆が何かやらかしてるんじゃねえだろうな……。

「おい、金崎、電話で様子を訊いてみろ」

「はい」

金崎は、三つの班それぞれに電話を掛けた。

「例の女は、四階にいるそうです」

「エレベーターから降りて逃げるように出ていった客がいたろう？　ありゃ何だ？」

「上のほうで煙が出ているそうなんです」

「煙だ？　火事か？」

「さあ……」

そのとき、再びエレベーターが開き、また客が吐き出された。その中の一人が言った。

「爆弾だ。爆弾が仕掛けられているらしいぞ……」

菅井田は、その声を不思議な気分で聞いていた。

爆弾だと……？　何だ？　どういうことだ？

そして、それに対する一階書籍売場の反応は奇妙なものだと思った。売場は、まったく静かだった。爆弾だという声だけがむなしく響いた。

あわただしいのはエレベーター付近だけで、あとは普段と変わらない。書籍を立ち読みしている客は、眉をひそめてエレベーターのほうを見ている。爆弾という言葉に対して半信半疑なのかもしれない。咄嗟にどう行動していいのかわからないのだ。

慌てた様子もなく、こっそりと店を出ていく者もいる。爆弾という言葉に即座に反応するのは恥ずかしいとでも言いたげな態度だ。

こういうときの一般人の反応は奇妙なものだな……。

菅井田は、呑気にもそんなことを考えていた。

「どうします？　おやっさん」

金崎が不安げな顔で尋ねた。

「ばかやろう。極道がおたおたすんじゃねえ。まだ爆発したわけじゃねえんだ。まだ、あの女もガキも出てきていねえ。様子を見るんだ」

「はい……」

うなずいた金崎の顔は蒼かった。

ファティマは、トイレの脇から煙が噴き出したとき、そのすぐそばにいた。何事かとそちらを見た。どうやら、紙袋から煙が出ているようだ。

どういうことだろう？

彼女はすばやく店内を観察した。客たちは呆然と煙を見つめている。それほど危機感を持っているとは思えない。危険を感じているというより、漠然とした不安を覚えているような顔つきだった。

驚くほど危機感にとぼしい人々……。

ファティマはそう思った。そして、管理者に対して不思議なほど従順な人々。それが日本人だ。

阪神・淡路大震災のときも、暴動や略奪が一件も起きなかったという。これは驚くべきことだ。

だが、それは主体性のなさとも関係しているとファティマは思った。自分自身で考えて行動する習慣がない。誰かに何かを命じられないと行動を起こすことができない。また、誰かが助けてくれると信じ切っているということでもある。

ファティマは、危機の中で生きている。ファティマの国もそうだし、彼女個人もそうだ。だから、危機には敏感だった。この煙はただごとではない。何者かの意志を感じる。明らかに騒ぎを想定して仕掛けられたものだ。

さらに観察すると、怪しげな人々に気付いた。ファティマの眼には、それらの人々がじわりと浮き上がって見えてくるように感じられた。

まずは、砂色の髪にブルーグレーの眼をした小柄な男。スラブ系の特徴を持っており、あまり表情のない目つきからロシア人であることがわかった。茶色の背広を着ておりネクタイはしていない。すり切れたトレンチコートを着ていた。暗く猜疑心に満ちた眼だ。おそらくロシアン・マフィアだろうとファティマは思った。

彼は慌てた様子もなく、じっと店内を見守っている。そのロシア人の様子から推理して、この煙は彼の仕業かもしれないと考えた。

また、明らかにファティマのほうを気にしている二人組がいた。若い日本人だが、世界共通の犯罪組織の臭いが感じられる。おそらく、さきほどのヤクザの手下だろう。

さらに二人組が二組あった。合計でヤクザの手下は六人。

ヤクザはおそらくかんかんに違いないとファティマは思った。ヤクザなどに関わったのは失敗だったかもしれない。ファティマはそう思ったが、別に後悔しているわけでも慌てているわけでもなかった。

いくらおとなしく冷静な国民でも、もうじき店内は騒然としてくるに違いない。警察や消防も駆けつけるだろう。客たちは避難を始めるに違いない。それを利用すれば、逃げるチャンスはいくらでもある。

それに、また、ロシアン・マフィアが利用できるかもしれない。

ファティマは、思わずほほえんでいた。

そう、あのモサドの男を利用したときのように。


アブラハム・ベーリ少佐は、すっかり身軽になって秋葉原の雑踏に紛《まぎ》れていた。ファティマがどこにいるのかはわからない。すでに、この街にはいないのかもしれない。しかし、ベーリ少佐は、自分の幸運に賭けてみるつもりだった。

いくら服装を変えたとはいえ、発砲の現場には近づく気にはなれなかった。ベーリ少佐は、大きなビルが建ち並ぶ中央通りを何度も往復していた。運があればファティマを見つけることができる。そして、運がなければファティマを発見することもできずに、自分はおそらく本国に送還になり、最前線に送られるのだ。

ファティマの発見と本国送還はまったく別の話だ。しかし、ベーリはファティマを見つけられるかどうかで運試しをしたい気分だった。ほかにどうすることもできない。今頃、エリ・ベンヤミン大佐は、ベーリ少佐を紛争地域に送るための書類にサインしているかもしれない。

つまらない仕事で一生を棒に振ることもある。半ば、諦めるような気持ちで通りを歩いていた少佐は、サイレンの音が近づいてくるのに気付いた。

消防車のようだった。パトカーもやってくる。

何事だろう？

ふと、交差点で路地の奥を見ると、店先から駆けだして来る人々が見えた。八階建てのビルだ。

ベーリ少佐は、そちらに足を向けた。店から出てくる客同士の会話が聞こえた。

「爆弾だってよ」

「嘘だろう？　いたずらに決まってるよ」

爆弾……。

ベーリ少佐は、直感的にこのビルにファティマがいるのではないかと思った。理由はなかった。だが、トラブルの周囲には彼女がいるような、ほとんど霊感といっていいような思いがあった。

店先から次々と客が出てくる。避難しているという様子ではない。危機感が感じられない。笑いながら出てくる客もいる。

ベーリ少佐はその人々の流れに逆らって店の中に入ろうとした。すると、従業員に呼び止められた。

「すいません。ちょっと火災騒ぎがありまして、今店には入れません」

「火災だって？　冗談じゃない。妻が中にいるんだ。離してくれ」

ベーリ少佐は従業員を振り切って階段に進んだ。

店内放送が聞こえてきた。

「店内で小さな出火があった模様です。延焼などの心配はありません。繰り返します、延焼などの心配はありません。皆さん落ち着いて店外へ出てください。避難は順番に行われます。従業員の指示に従ってください。繰り返します。店内で小さな出火があった模様です……」

エレベーターは停まっていた。やがて、階段からぞろぞろと客が降りてきた。ベーリ少佐は、またしてもその人の流れに逆らって階段を昇っていった。

客の避難が始まったらしい。だが、史郎のいる五階ではまだ客が足止めされていた。

やがて、消防服に身を固めた消防士がやってきて警備員と話を始めた。ややあって、紺色の制服にフルフェイスの防具を付けた警官らしい人々が入ってきた。

「おい、ありゃ本庁の連中だぞ……」

中年の警官が言った。若いほうの警官がそちらを見た。

「あれ、S班じゃないですか？」

史郎は、S班というのが何のことかわからなかった。

「S班？」

パーツショップの店員が言った。「警備部の爆弾処理班のことですね？」

中年の警官が驚いたように言った。

「あんた、何でそんなことを知ってるんだ？」

「ええと……、無線の専門誌で警察のことを詳しく取り上げる雑誌があるんですよ。それで読んだことがあります」

「ああ、知っている。盗聴なんかのことが詳しく載っている雑誌だな。警察もチェックしている。そんな雑誌を読んでいるのかね？」

「品揃えの参考になるんですよ」

キャンペーンガールがまた警官に嚙みついた。

「そんな話をしている時じゃないでしょう。早く外に出してよ」

彼女は泣いたせいで化粧が落ちていた。史郎は、何という変わり様だろうと思っていた。さっき、ショールームで見たときは輝くばかりに美しく見えた。垢抜けた東京を代表するようだとさえ感じた。だが、今は何だか哀れなだけだった。ストーカーだ何だと罵られたことも、今は何とも思っていなかった。

中年の警官が防具に身を固めた連中と消防士の集団に近づいて行った。何か、しきりに話し合っている。

史郎は溜め息をついた。

この災厄はいつになったら終わるんだろう……。

北原巡査が言ったとおり、本庁からやってきたのは、警備部の爆弾処理班、通称S班だった。

彼らはいったん消防署員を下がらせ、煙の出た紙袋を慎重に調べ始めた。沼田巡査部長は、避難の具合が気になっていた。消防署員は店の従業員とともに客の誘導に当たるようだった。

ここでもしこいつが爆発したら……。

沼田巡査部長は、作業をするS班をじっと離れた場所から見つめていた。

「これはほんの脅しで、本物の爆弾が仕掛けてある。犯人はそう言ったんだね？」

S班の一人が沼田に尋ねた。その男は、小隊長だと言っていた。警部補に違いない。

「はい、そうですが、本当だと思いますか？」

「私たちは常に本当だと思って対処するように訓練されている」

やがて、作業をしていたS班の連中は、紙袋を頑丈な容器に入れて持ち去った。一人が小隊長のもとに報告に来た。

「発煙筒ですね。爆発の心配はありません。念のため防護容器に入れておきました。モノは発煙筒ですが、仕掛けは本物です。単純で効果的な時限装置です」

小隊長が尋ねた。

「素人が作れると思うか？」

「何とも言えませんね。マニアは何をするかわかりません。しかし、印象ではプロの手口のように見えますすね」

小隊長はうなずいた。

「では、続いて爆発物の捜索に移ってくれ。どこかに本命がないとも限らん」

それから沼田を見ると言った。「君は、消防署や店の従業員と協力して客の避難の誘導に当たってくれ」

「あの……」

「何だ？」

「さきほど、この近くで発砲事件があったのですが、この爆弾騒ぎはそれと関係があると思われますか？」

小隊長は、ふと沼田を見つめた。ヘルメットをかぶっているせいか、表情が読みとりにくかった。

「どうだろう。今のところ何とも言えない。発砲事件だって？　犯人は？」

「外国人だということですが、まだ捕まってはいません。ヤクザといざこざがあったようです」

「拳銃に爆弾……。この街はいったいどうなっているんだ？」

「いつもこんなことがあるわけじゃありませんよ」

沼田は肩をすくめた。「でも、秋葉原では何が起きても驚きませんね」

菅井田は、じっと避難する客を一階で眺めていた。友達と談笑しながら階段を降りてくる者もいれば、蒼い顔をして自分だけ助かりたそうなやつもいる。家族連れは少なく、その分混乱も少ないようだった。

金崎が持つ携帯電話が鳴り、菅井田はそっちを見た。

「おやっさん」

金崎が電話を切らぬまま言った。「あの女のそばに茶色い背広を着た外人がいるということですが……」

「何だと？　確かか？」

「問題の外人かどうかはわかりませんが……」

「あの女のそばにいるというんだから間違いねえだろう。どこだ？」

「四階だそうです。どうします？」

「そのまま見張らせろ。俺が行くまで手出しをするなと言え」

菅井田は階段に向かった。

上から客が列をなして降りてくる。従業員がハンドマイクを持って誘導していた。菅井田が階段を昇ろうとすると、その従業員が押し止めようとした。

「上に行ってはだめです。危険です」

菅井田は凄んだ。

「うるせえ。俺に指図するな」

従業員はさらに何か言おうとしたが、菅井田が睨み付けると、それ以上は何も言わなかった。菅井田は、降りてくる客を突き飛ばすように階段を昇っていった。

「どけ！　邪魔だ！」

菅井田が進むと、自然と道が開けた。恐れおののいた客が行く手をあけるのだ。

火事や爆弾も恐ろしいだろうが、目の前の極道はもっと恐ろしいよな……。

菅井田は心の中でほくそ笑みながら進み、やがて四階にたどり着いた。四階の客はまだ避難を終えていない。その客の中に、子分たちがいるのが見えた。

二人ずつ三組の子分たちがすべてこの階にいた。

彼らは、中近東系の女を見つめている。女は落ち着いた様子で店内を眺めている。まだ、菅井田には気付いていないようだった。

菅井田は、子分たちの一組に近づいて言った。

「茶色の服を着た外人を見つけたって？」

子分の一人が言った。

「あそこです」

菅井田は子分が指さしたほうを見た。

たしかにその男は、トレンチコートの下に茶色の背広を着ていた。身長も、菅井田に向かって拳銃を撃った男と同じくらいだ。しかし、眼の色も髪の色も違っていた。

「あいつじゃねえな……」

菅井田が言うと、子分はぎょっとしたように菅井田を見た。

「違いますか……」

子分はへまをやったと思ったらしく、すっかり萎縮していた。だが、菅井田は子分たちを責める気にはなれなかった。たしかに茶色の服を着た外国人だ。

それより、その外国人の様子が気になった。客たちが避難をしているのに、いっこうに外に出ようという気配がない。きわめて冷静に店内を見回している。

世渡りに長《た》けている菅井田は、ぴんときた。

そう言えば、爆弾とか言っていたな……。爆弾騒ぎを起こしたのは、こいつらかもしれねえ。妙に落ち着いているのは、爆弾などないことを知っているからだ。

堅気じゃないなと、直感で思った。どんな国の人間であれ、極道は臭いでわかる。たぶん、ロシアン・マフィアだ。そんな連中がいたずらで爆弾騒ぎを起こすとは思えなかった。だとしたら、考えられることはそう多くはない。やつらのねらいは、この店の在庫の品だ。計画的な火事場泥棒というわけだ。

ふざけやがって。

菅井田は思った。

人の縄張りで好き勝手はさせねえ。

あの中東系の女が、この爆弾騒ぎに関係しているかどうかはわからなかった。そんなことはどうでもいい。とにかく、女も、ロシア人の縄張り荒らしも許せなかった。

「あいつは、俺を撃ったやつじゃねえ。だが、どうやら、ふざけたことを計画しているようだ。日本の極道の面子《メンツ》にかけて、好き勝手はやらせるわけにはいかねえ。女もあそこにいる男もとっつかまえるんだ」

金崎が不安げな顔で尋ねた。

「でも、爆弾は……」

「心配するな。爆弾なんてねえよ。たぶん、あの外人の狂言だ」

「何のために……」

「だから、言ってるだろう。たぶん、あいつらのねらいはこの店の在庫品だ」

「あ……、客を追い出しておいて……。でも、どうやって品物を運び出すんです？」

「知るかよ。だが、おそらく仲間が外で待っているんだろう。車を用意してな」

四階の客はどんどん階段のほうへ流れていく。やがて、店内はがらんとしてきた。従業員の誘導の声が響く。

そうなると、菅井田と子分たちは、あぶり出しのように姿が露わになってしまう。彼らは姿勢を低くして物陰に隠れて女とロシア人らしい男の様子をうかがっていた。

ロシア人は、そっとトイレのほうに移動していった。トイレは店の隅にあり、出入り口が引っ込んでいてそこに身を潜めることができる。

菅井田は、ロシア人がトイレの出入り口のあたりに身を隠すのを見てから、中近東系の女のほうに眼を転じた。

そのとき、はっきりと女と眼が合った。離れていたが、間違いなく女は菅井田のほうを見ていた。そして、かすかに笑うと停まっているエスカレーターのほうへ向かおうとした。

菅井田は、嘲笑されたと思い、かっと頭に血が上った。彼は、物陰からいきなり立ち上がり大声で言った。

「女を逃がすな！　この階から出すな！」

アレキサンドル・チェルニコフは、トイレの出入り口の側にいた。そこは、ちょうど階段のあたりからは陰になって見えない。客を誘導している従業員からも見えないはずだった。

そこに、セルゲイ・オレアノフが近づいてきた。店内の客が少なくなってきたので、身を隠す必要があったのだと思った。セルゲイは、壁に身を寄せると、フロアの様子をしきりに観察している。

「あまり、緊張するな、セルゲイ・オレアノフ」

チェルニコフは微笑《ほほえ》みを浮かべて言った。「簡単な仕事だよ。じきに客もいなくなる。そうしたら、一階の倉庫に行って荷物を運び出すだけだ。もう、あの北朝鮮の友人が車を横付けしているはずだ。あとはタイミングだけが勝負だ」

セルゲイ・オレアノフは、チェルニコフのほうを見なかった。角の向こう側を覗き見ている。

やがて、嗄《か》れた不気味なオレアノフの声が聞こえてきた。

「どうも、気になるやつらがいる。ジャパニーズ・マフィアらしい」

「ヤクザが……？　何人だ？」

「六人……、いや八人いるな」

「姿を見られたか？」

「見られたと思う」

チェルニコフは、微笑みを絶やさなかった。

「まあ、どうということはない。邪魔になるようだったら、排除するだけだ。おまえの腕の見せ所というわけだ」

チェルニコフは、できれば銃など使わずにこの仕事を済ませたいと考えていた。しかし、それは銃を使うことをためらうという意味ではなかった。必要ならば、撃つ。それは彼にとっても、セルゲイ・オレアノフにとっても当然のことだった。

そのとき、突然、誰かが怒鳴るのが聞こえてきた。

チェルニコフは、オレアノフの肩越しにその声のほうを覗き見た。

男が何かを叫んだのだった。オレアノフの言ったとおり、それは明らかにヤクザだった。次の瞬間、六人のヤクザたちが自分たちのほうに突進してくるのが見えた。

チェルニコフは、オレアノフの肩を軽く叩いた。

反射的にオレアノフの体が動いた。

彼は、物陰から飛び出した。そのときには、すでにマカロフ自動拳銃を抜いて構えていた。すさまじい轟音《ごうおん》が店内に二発響き渡る。

先頭にいた若いヤクザがハンマーで殴られたように全身を衝撃にうち振るわせ、立ち止まった。その場に崩れていく。

他のヤクザたちは、呆気にとられたように一瞬立ち尽くしていた。

まだ残っていた客が階段のあたりから振り返り、やはり立ち尽くしている。誰かが悲鳴を上げた。それがきっかけでパニックが広がっていった。従業員も何が起こったのかわからずに慌てふためいている。

オレアノフがさらに二発撃ったとき、ようやくヤクザたちはその場で身を低くした。


菅井田は、子分たちの行く手に突然、トレンチコートに茶色の背広を着たロシア人らしい男が飛び出してきて、拳銃を撃つのを見た。菅井田たちは階段の側におり、中近東系の女はエスカレーターに向かった。トイレはエスカレーターの側にあった。

子分の一人が撃たれた。

「くそったれが！」

菅井田は、怒鳴った。「撃て。撃ち殺せ！」

子分の一人が拳銃を抜いてロシア人らしい男に向かって撃った。

茶色の背広の外国人は、落ち着いた仕草で壁の向こうに身を隠す。そして、再び姿を見せると、また二発撃った。

子分がまた一人倒れた。

「野郎！　ふざけやがって」

菅井田は叫ぶと、今撃たれた子分のところまで突進した。

「あ、おやっさん」

金崎の声を背中で聞いていた。敵はまた撃ってきた。菅井田は、倒れている子分の手から拳銃をもぎ取ると、猛然と撃った。

すさまじい銃声が店内に轟く。客も従業員も悲鳴を上げて我先に階段に殺到するが、その声は完全に銃声にかき消されていた。

菅井田は、完全に耳がばかになっているのだが、それすら気付かずにいた。

「てめえら、全員ぶち殺してやる！」

引き金を引く。だが、菅井田の銃は沈黙していた。スライドが後退したままストップしている。弾が切れたのだ。

壁の向こう側から、茶色の背広の外国人がちらりと姿を見せた。その冷ややかな眼が見えた。この撃ち合いの中でもその眼には何の感情も浮かんでいない。

煮えたぎっていた体中の血が、その眼を見たとたんに一気に冷えてしまった。氷水を頭からぶっかけられたような気分だ。こんな思いをするのは初めてだった。

その男が銃を上げて構える。その動きがスローモーションのように感じられた。やられる。そう思ったが体が動かない。

突然、背後から激しい衝撃が来た。何が起こったのかわからない。菅井田はもんどり打って床に転がった。誰かが覆い被さる。その誰かと床の上でもつれ合った。

ほぼ同時に茶色の背広の外国人が銃を撃ったのがわかった。

「おやっさん、危ない。伏せてください」

菅井田はその声を聞いて何が起きたのかようやく理解した。金崎が背後から体当たりしてきたのだ。そうでなければ菅井田は撃たれていただろう。

菅井田は、本物の恐怖を味わっていた。先ほど撃たれたときのショックなど比べものにならない。全身が凍り付くようだ。ヤクザ者同士の喧嘩でもこんな思いはしたことがない。全身が嫌な汗で濡れ、震えが止まらない。

普段、度胸だ男気だと言ってはいても、それは大半見せかけのものだった。菅井田の姿を見ればたいていの人間は避けて通る。若い頃は派手な喧嘩もしたが、実際のところ、死ぬか生きるかという思いをしたことなどほとんどないのだ。

菅井田は金崎にしがみついている自分に気付いた。金崎もしがみついてくる。

轟く銃声。若い衆のわめき声。周囲では、新品のコンピュータが次々と破壊されていく。ディスプレイが派手な音を立てて破裂し、筐体から火花が散った。

何だ、これは……。

菅井田は、床の上で体を丸めながら思った。

いったい、何なんだ、これは……。

パニックが忍び寄ってくる。立ち上がって階段まで駆けていきたい。この場を早く去りたい。菅井田はそのことだけを考えはじめていた。

五階にいる客は残り少なくなっていた。結局、警察官や店の従業員たちといっしょに階段から最も離れた場所にいた史郎たちは、避難するのが最後になった。

キャンペーンガールは相変わらずぶうぶう言っていたが、警察官の言うことに従うしかなかった。階段は混み合っており、急いで降りたらかえって危険だと警察官に何度も言われていたのだ。これまでの会話から、史郎は彼女が仲田芳恵という名であることを知っていた。

「さ、我々も行くとしよう」

警察官がそう言ったとき、下の階で続けざまに炸裂音がした。

芳恵が悲鳴を上げた。

「何、あれ。何か爆発したの？」

二人の警官が顔を見合わせた。中年の警官のほうが言った。

「いや、あれは銃声だ。何者かが撃ち合っているんだ」

「撃ち合い？」

芳恵は、両手を口に当てた。「何で？　ねえ、どうしてよ」

ようやく避難の順番が回ってきてほっとしたところに、再び激しい緊張と不安がやってきた。

史郎は胃が締め付けられるような気分だった。緊張と恐怖が極限まで達したようだ。急に吐き気がしてきた。こんな経験は初めてだったので、史郎はすっかりうろたえた。

「僕、トイレ行ってきます」

「待てよ。避難の最中だぞ」

パーツショップの店員が顔をしかめて言った。彼は、石館と呼ばれていた。「我慢しろよ」

「いや、だめみたいです」

「どうせみんな避難するんだ。床にぶちまけろよ」

「冗談じゃない」

エース・コンピュータ館の五階フロア担当が目を丸くした。「掃除をするのは我々なんだ」

いよいよ我慢できなくなった史郎は、何も考えずに、トイレに向かって走った。

個室に入ったとたんに、胃の内容物が逆流してきた。息ができなくなり、涙がにじむ。一度では収まらず、二度、三度と逆流の波が来る。やがて、何も吐くものがなくなり胃液を戻した。

一人っきりでトイレの個室におり、なおかつ苦しさと戦っていた史郎は、どれくらい時間が経過したのかわからなくなっていた。

ひょっとしたら、みんな避難して僕一人だけ残されたんじゃないだろうか？

そんな考えが頭をよぎったとたん、肉体的な苦しみとともに、恐ろしい不安が押し寄せてきた。立ち上がろうにも、まだ立ち上がれない。焦燥感に駆られた。

爆弾に撃ち合い。こんなことは、田舎では考えたこともない出来事だ。それに巻き込まれ、今はひとりぼっちだ。史郎は泣き叫びたくなった。

そのとき、個室のドアの向こうで声がした。

「おーい。だいじょうぶか？」

それは、あの石館という名のパーツショップの店員の声だった。史郎は驚き、そして安堵した。

「あ、だいじょうぶです」

「まったく……。なんで、俺がおまえの様子を見に来なきゃならないんだよ。あの警官が行けって言うからしょうがなく来たけどさ……」

「すいません。今行きます」

「早くしてくれよ。こんなとこ、早く出なくっちゃ……」

史郎はトイレットペーパーで鼻をかみ、水を流して個室を出た。石館は、横目で史郎を睨んでいる。

「すいません」

史郎はひどく情けない気分になって言った。「こんなこと、初めてなんで。田舎から出てきたばかりなんです。東京のこと、よくわからなくって……」

「ばか。俺だって、こんなの初めてだよ。なんだ？　東京に来たばかりなのか？　田舎ってどこだよ？」

「秋田です」

「へえ……」

「あの……」

「何だ？」

「本当に僕は万引きなんてやってません。東京に出てきたばかりで、それに、憧れの秋葉原にやってきたんで緊張してたんです。それで、いろいろ誤解されて……」

石館は、ふてくされたような態度で史郎を眺めていた。やがて、彼は言った。

「憧れの秋葉原だって？」

「はい。秋田にいる頃から憧れていました。コンピュータとか好きだったんで……」

「そうか……。まあ、いいや。こっちも今朝から苛立っていてな。どうせ、万引きは現行犯じゃないと捕まえられないしな」

史郎は、その言い方に満足したわけではなかった。まだ誤解は解かれていないと感じたのだ。

「本当に僕は……」

「わかったよ。田舎から出てきたばかりで、憧れの秋葉原にやってきて……。俺にも経験があるよ。他の客がみんなヘビーユーザーに見えて、気後《きおく》れしちまうんだよなあ、この街。でも、通えば通うほど居心地がよくなるんだ」

「はい……」

「万引きの件はわかった。あの子につきまとうのは許せないぜ」

「あの仲田芳恵って子のことですか？　あれも誤解です。あのヤクザに追われて走っていたら、たまたま彼女が目の前にいたんです」

「まあ、いい。そういうことにしておこう。さ、急がないと置いてかれるぞ」

「はい」

史郎は石館と連れだってトイレの出口に向かった。


ベーリ少佐は、銃声を聞きつけ咄嗟に姿勢を低くしていた。周囲を見回す。すでに、店内の客は残り少なくなっており、そのほとんどが階段にいた。

ベーリ少佐は、階段からフロアに出た。そのとき、エスカレーターを駆け下りてくるフアティマを見た。

やはりいたか……。

彼はエスカレーター目がけて走った。フロアを横切ろうとしたとき、上の階で猛然と撃ち合いが始まった。

何だ？　この撃ち合いもファティマのせいか？　いったい、彼女は何をしようとしているんだ……。

ベーリ少佐は、今度はへまをすまいと、すぐさまイスラエル大使館のベンヤミン大佐に連絡を取った。

ベンヤミンへの直通の番号だった。

「ベーリです。再び、ファティマを発見しました。彼女がいた場所で、銃撃戦が起きています」

「銃撃戦だと？　君もそれに参加しているのか？」

「とんでもない。私は、ファティマの行方を探していただけです。ファティマは銃撃戦の現場から離れつつあります。私はファティマの尾行を続けるつもりでおります」

「本当に君はその銃撃戦と無関係なのだな？」

「もちろんです」

わずかの間があった。ベーリは、すでにファティマの後を追い、止まったエスカレーターを駆け下りつつあった。

やがて、ベンヤミン大佐の声が聞こえてきた。

「君はついているようだ。私は今、君を救う方策をようやく見つけた気がする」

「何をおっしゃっているのです？」

「銃はまだ持っているか？」

ベーリはほっとした。実は、まだ身につけていたのだ。着替えはしたが、銃をコインロッカーに残すのはためらわれた。その上、まだ丸腰で町中を歩く気にはどうしてもなれなかったのだ。

「どうなんだ？」

「すいません。まだ持っています、しかし……」

「いよいよ君はついている。助かりたかったら、すぐに銃撃戦の現場に行って、二、三発ぶっ放すんだ」

「はあ……？」

「言われたとおりにしろ。銃撃戦がまだ続いていようが、終わっていようが構わない。その現場で何発か銃を撃て。そして、その銃をその場に捨てて、すぐに姿を消せ。大使館に戻ってくるんだ」

ベーリは、ようやくベンヤミン大佐の言いたいことを理解した。ベーリの発砲も、今銃を撃っている連中がやったことにしようというのだ。目撃者がいるので、事件のもみ消しはできないが、ベーリの銃とその銃弾が銃撃戦の現場で見つかれば、当然警察は今撃っている連中と、先ほどの発砲事件をつなげて考えるだろう。少なくとも、イスラエル大使館は安泰だ。ベーリの銃はたしかにイスラエル軍の制式拳銃だが、世界中で売られているものだ。

「ファティマはどうします？」

「放っておけ。できれば、何者が銃撃戦をやっているのか突き止めろ」

「わかりました」

ベーリは、これ以上ベンヤミン大佐の機嫌を損ねるわけにはいかないと考え、言われたとおりにしようと思った。

彼は拳銃を抜くと振り返り、エスカレーターを昇りはじめた。

アレキサンドル・チェルニコフは、オレアノフの肩を後ろから叩いた。

オレアノフは、空のマガジンを捨て、新たなマガジンをグリップの下から叩き込んだところだった。

「もういい。仲間と合流したほうがいい。下へ行こう」

他の階にいる二人は、すでに一階の倉庫に行っているかもしれない。

オレアノフはうなずき、呼吸を整えると、思い切って壁の陰から飛び出し、銃を連射した。退路を確保するためだ。チェルニコフも銃を抜いて後退しながら撃った。

エスカレーターを下るつもりだった。二人がにわかに激しく撃ちはじめたので、ヤクザたちはまったく撃ち返せなかった。

エスカレーターにたどり着き、下へ行こうとしたとき、昇ってくる男に気付いた。日本人ではない。ユダヤ系の特徴が見て取れた。ジャンパーにジーパン、スニーカーにキャップという恰好だ。だが、何よりチェルニコフを驚かせたのは、その男が拳銃を手にしていることだった。

チェルニコフは迷わずにその男目がけて撃った。この場で見知らぬ男が拳銃を持っているということは、敵であるということを物語っている。

その男は、訓練された身のこなしでエスカレーターの段に伏せると、撃ち返してきた。フロアからはヤクザ、エスカレーターの下からは銃を持った見知らぬ男。それでも、チェルニコフは慌てなかった。

「セルゲイ。上だ。上に行くぞ」

チェルニコフは年齢を感じさせない足取りでステップを駆け昇った。セルゲイ・オレアノフは、下方に牽制《けんせい》の銃弾を撃っておいて後を追ってきた。

トイレを出ようとした史郎は、フロアの異変に気付いた。二人の外国人がエスカレーターのほうから駆け込んで来たのだ。何事かと立ち尽くす史郎を、石館がトイレの中に引き込んだ。

「やばいぞ。見ろよ。あいつら銃を持っている。撃ち合いをやっていたのは、あいつらだ」

史郎はそっとフロアを盗み見た。二人の外国人は、これまで見たどんな人間より恐ろしく見えた。史郎と石館は、トイレから出るに出られなくなった。

そこには誰もいないものと思っていた。しかし、まだ避難していない客が数名残っていた。その客といっしょにいるのが、日本の警察官だとわかってチェルニコフは、少々まずいことになったと思った。

警察官も銃を持っているはずだ。

彼らは、階段に向かおうとしているようだった。チェルニコフがフロアに顔を出すと、その足音を聞いて、二人の警察官が何事かと振り返った。一人の警察官は、太り気味で貫禄はあるがすばやく物事に対処する訓練はできていないように見えた。彼は無線機を持っていた。おそらく、この場を仕切っているのが彼だろうとチェルニコフは思った。もう一人は若い。彼は職業意識を前面に押し出すタイプのようだ。これから起こることに対処するために身構えている。

彼らのことはオレアノフに任せることにした。チェルニコフは、エスカレーターからやってくるはずのユダヤ系やヤクザに備えて陳列台の陰から狙いを付けていた。下で銃声が聞こえた。あの男とヤクザが撃ち合っているのだろうか。やがて、静かになった。誰も上がって来ない。

チェルニコフはさらにエスカレーターのほうに銃を向けたまま、横目で日本人たちを見た。オレアノフが彼らに銃を向けている。

驚いたことに、彼ら二人が現れたとき、二人の警察官は拳銃を抜こうとしなかった。

チェルニコフはオレアノフに言った。

「ちょうどいい。彼らに人質になってもらおう」

オレアノフは素早く動いた。そこには、二名の警官を含めて五人の日本人がいた。他の客はちょうど避難し終えたところなのだろう。彼らは、その後に続いて避難しようとしていたのだ。

中年の警官のほうが何か言った。

おそらく、動くな、とか言っているのだろう。

何と間抜けなのだ。こちらは銃を構えている。あちらは、まだ銃を抜いていない。主導権がどちらにあるかは明らかだ。それなのに、こちらに何か命令しようとしているようだ。

オレアノフは、凍り付いたように立ち尽くしている五人に近づいた。

背広を着て眼鏡を掛けている男が、喚きはじめた。恐怖に引きつった顔をしている。オレアノフはあっさりと無視した。若い警官がホルスターのカバーに手を掛けた。

チェルニコフは、軽く目を閉じかぶりを振った。次の瞬間、わかりきった事が起こった。オレアノフがその警官を撃ったのだ。

至近距離で胸を撃たれた若い警官は、後ろに吹っ飛んでそのまま倒れた。

日本人たちは、今の出来事が信じられないような顔をしている。誰も身動きをしない。オレアノフだけが、事務的に動いていた。警官以外の日本人を階段から離れた位置へ移動させようと、拳銃の銃口を振って指図した。

若い女が悲鳴を上げた。白いミニスカートをはいて、緑のジャンパーを着ている娘だ。同じような服装の若い女を店内で見かけたのを覚えている。彼女は、この店の従業員か何かなのだろう。

その悲鳴を合図に、さきほどの眼鏡の日本人が、また騒ぎはじめた。完全に我を失っている。恐怖のためにパニックを起こしているのだ。彼は暴れ、独り階段の方へ駆けだした。またしても、オレアノフは当然の行動を取った。その男を後ろから撃ったのだ。

背中を撃たれた男は、つんのめるように足をもつれさせ、うつぶせに倒れた。そのまま動かなくなった。おそらくショックで気を失ったのだ。急所を外れているので即死したとは思えない。

若い女がまた悲鳴を上げた。オレアノフは、無言でその女をちらりと睨んだ。それだけで、女はおとなしくなった。

　中年の警官は、顔面を真っ赤にしている。腹を立てているのだろう。

　エスカレーターからは依然として誰もやってこない。そちらを警戒しつつ、チェルニコフは拳銃を中年の警官に向け、近づくと、ロシア語で言った。

「腹を立てているのか？　恨むのなら、自分の無能さを恨むんだな。その拳銃は飾り物か？」

　チェルニコフは、警官に拳銃を突きつけたまま、ホルスターに手を掛けた。外しにくいカバーがついている。これでいざというとき、どうやって銃を抜くのだろう。本当に不思議だった。

　ようやくカバーを外すと、拳銃に白い紐が繋《つな》がっていた。その紐は肩章で留められていた。日本人の安全に対する考えはどこかずれているとロシア人のチェルニコフは思った。拳銃で自分の身を守ることよりも、拳銃を盗まれることに神経を使っている。実戦をくぐり抜けてきたチェルニコフにはまったく信じがたい感覚だった。

　チェルニコフは、肩章を引きちぎり、紐ごと小さなリボルバーを奪った。腰には革のケースに三段式の特殊警棒も収められていた。それも奪い、武装解除を終えると、手錠を見つけ後ろ手に掛けた。そうしておいて無線機を取り上げた。

　無線機を床に叩きつけ、さらに踏みつけて完全に破壊した。日本語が堪能なら無線を聞いて警察の動きを察知することもできるが、チェルニコフにわかるのはごく限られた単語に過ぎなかった。となれば、邪魔になるだけだ。

手錠を掛けた警察官を床に座らせ、オレアノフのほうを見た。オレアノフは若い娘とこの店の従業員らしい男を陳列台の前に連れてきていた。

床に血だまりが広がりはじめている。倒れている二人から流れ出た血だった。チェルニコフはまったく気にしていなかった。オレアノフも同様だ。血など彼らにとっては日常のことだった。

血と硝煙。その世界の中で生きているのだ。

チェルニコフは電話線のことがちらりと気になった。このビルの電話回線の大本を断ち切っておけばよかった。しかし、当初はその必要などないと考えていた。今では誰もが携帯電話を持っているし、電話線を切ること自体に意味があるとは思えなかったのだ。

結局、電話線はどうでもいいという結論に達した。長時間籠城《ろうじょう》するのなら、こちらの情報を絶対に外に洩らしたくはない。そのために電話線を遮断することも考えなければならないが、このケースではその気配りは無用に思われた。長居をするつもりはないし、人質は目の届くところにいる。人質に電話を掛ける隙など与えない。だが、オレアノフに命じて、人質の携帯電話だけは取り上げさせた。携帯電話を持っているのは、この店の従業員らしい男だけだった。オレアノフは携帯電話をポケットに入れた。

チェルニコフはあらためて、フロアを見渡した。

「なぜ、誰も上がって来ないんだ？」

チェルニコフは独り言のように言った。オレアノフは何もこたえない。彼は、チェルニコフが考えているだけで、返答を求めているわけではないことを知っているのだ。

計算外のことが起きた。計画は失敗したのかもしれない。ヤクザと拳銃を持ったユダヤ系の男。彼らさえいなければ、今頃は荷物を積み終えて立ち去っていたはずだ。銃を撃つ必要もなかったかもしれない。

先ほど下で聞こえた銃声は、やはりヤクザとユダヤ系の男が撃ち合った音だったのかもしれない。あのユダヤ系は何者だろうな？　いずれにしろ、警戒は怠るわけにはいかない。

さて、問題はこれからどうするかだ。

計画の失敗はいたしかたない。それはどうでもいい。大切なのは、生き延びることだ。生きてここを出られれば、また計画を立て直すことができる。ここを無事に出て、逃走する。人質はそのために役立ってもらわねばならない。

今度はそのための計画を練らなければならない。撤退戦だ。チェルニコフは、階段とエスカレーターを警戒しつつ、今あるものとこれから必要になるものを冷静に検討しはじめた。

ベーリ少佐は、突然銃を持った二人の男が現れたので驚いた。ふたりとも砂色の髪。スラブ系の特徴がある。おそらくロシア人だ。

考えている暇などなかった。いきなり相手が撃ってきたのだ。ベーリ少佐は撃ち返した。これで、当初の目的は達した。だが、ここで殺されては元も子もない。あとは弾に当たらず、この場を去ることだ。

ロシア人二人は、上の階へ駆け込んだ。ベーリ少佐がさらに上へ行こうとしたとき、今度はヤクザたちが顔を出した。若いヤクザたちだ。ベーリはまた一発撃った。威嚇のための発砲だった。それだけで、ヤクザたちは慌てて顔を引っ込めた。

ベーリは、姿勢を低くしてそっと顔を出し、フロアを覗き見た。若いヤクザはへっぴり腰で前へ出ようか後ろへ下がろうか躊躇しているような中途半端な姿勢をしていた。

その向こうに、見覚えのあるヤクザがいた。ラジオ会館で、ファティマといっしょに突然目の前に現れたヤクザだった。そのヤクザは尻餅をついたままで、放心したような顔つきをしている。目がうつろだった。

何があったか、だいたい予想がついた。この銃撃戦はヤクザとロシアン・マフィアの間で行われたものなのだろう。日本のヤクザも恐ろしいが、その恐ろしさは狡猾《こうかつ》さと深く結びついている。彼らは陰湿な恐怖を与える。それに比べてロシアン・マフィアは文字通りの戦争を繰り返している。アフガン戦争の経験者もいれば、チェチェン紛争の経験者もいる。こうした銃撃戦において、日本のヤクザに分《ぶ》があるはずがない。

すっかり肝を冷やしたというわけだろう。ベーリはざまをみろと思った。このヤクザのせいで、発砲するはめになり、今ベーリの立場が危うくなっているのだ。

ベーリは、さっと飛び出すと、そのヤクザのすぐ側に着弾するように二発撃った。ヤクザは、尻を浮かせるほどどうろたえた。頭をかかえて床につっぷしてしまった。

他のヤクザたちも、浮き足立っている。ベーリはほくそえむと、持っていた銃を床に放り出してエスカレーターを駆け下りた。もうここには用はない。あとは姿を消すだけだ。


菅井田は、あたりが静かになってもなかなか頭を上げられなかった。体の震えが止まらない。

どのくらいそうしていただろう。そっと頭を上げると、まず金崎の顔が見えた。金崎は犬が主人の顔を見上げるような顔つきをしていた。どうしていいかわからないのだ。

二人の子分が床に倒れている。四人の子分は、陳列台などの陰にうずくまったまま立てないようだった。

恐怖とショックはまだ去らない。しかし、一家を構えているという見栄がかすかに頭をもたげてきた。このままでは示しがつかない。菅井田は恐る恐るあたりを見回した。もう外国人たちはいない。それから、ゆっくりと頭をもたげた。

どうやら、安全なようだ。

金崎は、すがるような眼で菅井田を見つめたままだった。菅井田は立ち上がろうとした。だが、足がいうことを聞かなかった。金崎が慌てて手を貸そうとした。それをはねのけ、何とか膝をついた。

「てめえら、だいじょうぶか？」

その声は、自分でも意外なほどしっかりしていた。今、菅井田は、体面だけを考えて行動していた。それが彼を持ちこたえさせていた。

「やられたやつの様子を見ろ」

子分たちは、慌てて動き始めた。二人ずつに分かれて行動するということができない。四人でまず倒れている片方に駆け寄った。それから、慌てて二人がもう片方のほうへ移動した。

「生きてます」

「こっちも、何とか……」

二人とも生きている。だが、重傷には違いなかった。

金崎が言った。

「救急車を呼びましょうか？」

「ばかやろう。ここがどういうことになっているのかわからねえのか！」

「すいません」

金崎は、反射的に謝《あやま》ったが、その後恐る恐る尋ねた。「あの、どういうことになっているんでしょう」

そう尋ねられると、菅井田にもわからなかった。だが、ここははったりをかまさなければならない。

「爆弾騒ぎの後は銃撃戦だ。下は警察《ヒネ》が固めているはずだ」

「どうします？」

金崎は情けない顔で尋ねた。

どうするったって……。

菅井田は、子分たちが全員注目しているのに気付いた。

「子を死なせるわけにはいかねえ。下に運べ。下には警察だの消防だのがいるはずだ。救急車だっているかもしれねえ。運べ！　急ぐんだ」

「はい」

金崎はうなずくと、子分たちに言った。「死んじまうぞ。早くしねえか！」

子分たちは、二人で一人を抱え階段のほうへ何とか向かおうとしている。床に血が流れている。その血が移動するに従って点々と跡を残す。

それを見ていると、菅井田は無性に腹が立ってきた。ようやくパニックが去り、通常の感情の波がやってきた。

「おい、拳銃《チャカ》を一挺くれ」

仲間を抱えた子分たちは、驚いて菅井田の顔を見つめた。

「言われたとおりにしろ、おい、金崎。拳銃を一挺持ってこい。それに残りの弾を全部込めるんだ」

「どうするんです？」

「いいから、早くしろ」

金崎は、子分たちの拳銃をすべて集めて陳列台の上に並べた。そして、子分たちに言った。

「おまえたちは早く下へ行け。その二人を何とか助けるんだ」

子分たちは、不安げな顔をしていたが、やがて、階段を下っていった。金崎は、拳銃のマガジンをすべて抜き、残りの実包を集めた。

「弾は全部で六発しかありません」

「それを一挺に詰めて俺によこせ。それが終わったら、おまえも下へ行け」

「いえ、三発ずつ、二挺に詰めます」

金崎は菅井田のほうを見ずに、黙々と作業をした。

「何だと、こら。親の言うことが聞けねえのか？」

「聞けません」

金崎は二挺の拳銃を持ち、近づいてきた。「何をするつもりか知りませんが、おやっさん独り行かせるわけにはいきません。お供します」

「てめえは若い衆の世話をしなけりゃならんだろうが」

「おやっさんに何かあったら、若い衆の世話どころじゃないでしょう」

「子分を二人も撃たれたんだ。このまま放っておけるか。だが、それは俺の仕事だ。おまえは下へ行け」

金崎は悲しそうな顔で言った。

「それができるくらいなら、これまでおやっさんに付いてきたりはしませんよ。とっくに逃げ出してます」

菅井田は一瞬、怒りを忘れて金崎をまじまじと見つめた。これまで、この金崎がどういうつもりでそばにいるか、考えたこともなかった。いつも、便利なやつだと思ってこきつかっていただけのような気がした。

「こいつは何の得にもならねえことだ。今時のヤクザのやるこっちゃねえ」

「今時のヤクザじゃねえから、これまで付いてきたんです」

菅井田は柄にもなく、鼻の奥がつんとなった。涙が出そうになった。

「俺の身勝手に付き合うってんなら、好きにしな」

「おやっさん」

金崎は、どこか悲しげな顔に見える笑いを浮かべて言った。「それは今始まったこっちゃありませんよ」

8

碓氷弘一《うすいこういち》部長刑事は、突然始まった騒ぎに思わずビルを振り仰いだ。

エース・コンピュータ館の正面に付けられたパトカーの脇で状況を聞いているときに、突然おびただしい銃声が聞こえてきたのだ。

彼は、S班のお供でやってきたに過ぎなかった。爆弾処理の主導権はS班が握っていた。かつて、連続爆弾犯の事件の際に特殊班が組まれ、碓氷はその一員だった。その特殊班には、陸上自衛隊から爆弾のエキスパートが参加していた。二人の自衛隊員が警察庁に出向になり、碓氷はそのお守り役を仰せつかったのだった。

そういう経緯があり、またしても爆弾事件に駆り出されたのだった。碓氷は警視庁捜査一課の所属で、刑事はたいてい班で動く。一班は十三ないし十五名で、管理官の下、警部の係長が一人に警部補が二人、巡査と巡査部長のペアが五組から六組いる。

だが、今回碓氷は特捜扱いで単独で来ていた。要するに、S班と本庁の連絡係でしかないのだ。四十六歳の巡査部長は本庁では出世コースから外れたはみ出し者だった。

「おい、爆弾じゃねえのか？」

碓氷部長刑事は、思わずそばにいた所轄の巡査に尋ねた。

「さあ……。そういう連絡でしたが……。さきほど、本庁警備部の方々が、爆発物らしいものを処理したと言っていました」

「この音は爆弾じゃねえ。爆弾の代わりに爆竹が爆発したってのか?」

「そうかも知れません」

「目ェ覚めてんのか? ありゃ、銃声だ」

碓氷は、パトカーの無線に手を伸ばした。

「通信司令センター。こちら、警視庁7搭乗の碓氷。爆弾予告の通報があった外神田三丁目エース・コンピュータ館で銃撃戦の模様。至急、応援求む。繰り返す、爆弾予告のあった……」

碓氷は、トークボタンを放して「通信司令センター、了解」の返答を聞くとマイクをフックに戻した。そのとき、防護服に身を固めたS班の一人が急ぎ足で近づいてきた。特殊ヘルメットの中の顔に見覚えがある。

河本という名の小隊長だ。連続爆弾犯のときにいっしょに捜査したことがあった。

「おい、何だかまずいことになってるぞ」

「どういう状況なんだ?」

「爆発物らしいものは処理した。全部で三つあった。発煙筒を使った脅しだ。だが、この銃撃戦はいったいどういうことなんだ？」

　碓氷はいつでも苦虫を噛みつぶしたような顔をしているが、その表情をさらに苦くして言った。

「俺に訊くなよ。今、応援を要請した」

　碓氷はもう一度、ビルを見上げた。「静かになったな……」

「部下がまだ中にいる。爆弾処理の装備なんで武装はしていない」

「連絡は取れるのか？」

「無線を携帯している」

「とりあえず、呼び戻したほうがいい」

　河本小隊長はうなずいて、無線連絡を取った。幸い、S班の連中は全員無事らしい。

　無線連絡を終えると、河本小隊長は言った。

「所轄の者が言っていた。このすぐそばで発砲事件があったそうだ」

「ああ。聞いている。駅の向こうっかわだ」

「それと爆弾予告が何か関連があるんじゃないかと言っていたが……」

「話を聞いてみよう。その所轄さんはどこにいる？」

「それが、姿が見えないんだ。まだ中にいるのかもしれない」

「中だって？」

「まだ、客が全員避難を終えていない。最後まで残って誘導するつもりだったのかもしれない」

「銃撃戦に巻き込まれている恐れがあるな」

「かもしれない」

「その所轄さんは、UWを持っていたか？」

「無線か？　持っていたと思う」

碓氷は再び、パトカーの無線のマイクに手を伸ばした。河本小隊長が尋ねた。

「どうするつもりだ？」

「所轄から署活系《ピー・エス》で呼び出してもらう。もしかしたら、中の状況が聞けるかもしれない」

河本がうなずいた。碓氷は通信司令センターを呼び出して、所轄署に連絡を取るように要請した。

ビルの脇がにわかに騒がしくなり、碓氷と河本は思わずそちらを見た。所轄署の地域課係員らしい警察官が、何事か大声で喚いていた。碓氷と河本は顔を見合わせ、そちらに向かった。

「何事だ？」

碓氷が制服を着た若い警察官に尋ねた。

「は、でかいトラックをビルのそばに駐車していたので、立ち去るように言っていたのです」

碓氷はそのトラックを見た。ビルの脇にぴたりと寄せて駐車していた。細い裏通りだ。

「何でこんなところにいるんだ？」

「秋葉原は、駐車の無法地帯ですよ。隙間があればどこにだって駐車します」

「わかった。早く立ち退かせてくれ」

碓氷は運転席の男をちらりと見た。そのとき、ふと違和感を感じた。理由はわからない。だが、男の態度がどこか不自然なような気がした。気のせいかもしれない。だが、そうでないかもしれない。

碓氷は、警官に言った。

「立ち退かせる前に免許証を見て、身元を確認しておいてくれ」

「わかりました」

碓氷はパトカーのそばに戻った。河本が後ろから声を掛けてきた。

「何だ？　あのトラックがどうかしたのか？」

「わからん」

碓氷は、トラックの方向を眺めながら言った。「だが、事件の関連を疑って悪いということはない。それが仕事だからな」

無線で呼び出しがあり、碓氷はマイクを取った。通信司令センターからで、所轄署から連絡があり、中にいるはずの巡査部長は呼び出しに応じないということだった。巡査部長の名は、沼田。北原という名の巡査が彼といっしょに行動していることがわかった。

「彼らの応答がないというのを、どう思う？」

碓氷は河本に尋ねた。河本は、唇を嚙んで考えていたが、やがて言った。

「いずれにしろ、いい傾向じゃないな」

そこへ、所轄署の刑事たちが近づいてきた。聞き込みの結果を知らせに来たのだ。

「居合わせた客の何人かの証言をまとめると、撃ち合っているのは、暴力団風の男たちと外国人のようです。人数ははっきりしませんが、互いに複数だということです」

碓氷はその刑事に尋ねた。

「別の発砲事件があったそうだな？」

「ええ。今日、二時頃、駅の向こう側のラジオ会館というビルで二発撃たれました。目撃者によると、撃ったのは外国人で、暴力団風の男が絡んでいるということです。近くの店の従業員の話だと、客同士のトラブルだというのですが……。おそらく、海外マフィアと暴力団のもめ事じゃないかと思うのですが……」

「あんた、その現場を見ているのかい？」

「ええ。そちらの検分を終えたところに、こっちへ回れとの指示が署からありまして……。まったく、忙しい一日です。秋葉原はどうなっちまったんです？」

「その発砲事件と、この銃撃戦は何か関係があると思うか？」

「当然あるでしょう。どちらもヤクザと外国人が起こしたものです」

「爆弾騒ぎは？」

「さあ、それは……。でも、予告の電話を掛けてきたのは、日本人らしかったということですよね。少なくとも、撃ち合っている外国人は爆弾には関与していないかもしれません」

「そうかな……」

　碓氷は考えた。「その外国人たち、マフィアでも何でもいいや。そいつらに日本人の仲間がいたとしたら……」

　碓氷は、自分で言っておいて、はっとした。トラックのほうを見る。

　トラックは、ゆっくりとビルを離れ、中央通りのほうへ走っていく。碓氷は駆けだした。

そのトラックを取り締まっていた警察官に尋ねた。

「免許の控えは取ったか？」

「はい。これです」

　李源一、本籍は北朝鮮とあった。碓氷はしまったと思った。別に、国籍で差別をしているわけではない。事件には外国人が絡んでいる。中で撃ち合っている連中と、トラックの運転手の李源一が仲間である可能性は否定できない。

「あのトラックを追え。運転手を捕まえるんだ」

李源一は、警察官が近づいてきたときには、すでに計画の失敗を悟っていた。チェルニコフとその仲間が現れるのが遅すぎる。

李源一は、警察官に尋ねた。

「何があったんです？」

「いいから、ここを離れるんだ」

「店の客が避難しているみたいですけど……」

「爆弾の予告があったんだ。その上、撃ち合いが始まったらしい。さあ、とばっちりを食いたくなかったら、ここを離れるんだ」

「撃ち合い……？」

それを聞いたとたん、計画の失敗は決定的だと思った。

警官のそばに二人の男が近づいてきた。一人はくたびれた背広を来ている。もうひとりは紺色の特殊な装備だった。ちょっと見ると機動隊員のように見えるが、ヘルメットが特殊な形をしていた。

背広を来た男は刑事だろうと思った。刑事らしい男は、ここから立ち去るように言いに来た警察官と話をしている。

まずいな……。

李源一は思った。

撃ち合いだって？　あの極東マフィアどもはいったい何をやっているんだ。ロシア人のおおざっぱさは以前から知っていた。彼らは安全に対する認識が根本から違っている。

計画が失敗したことは、もう明らかだ。姿を消したからといって、チェルニコフは文句は言うまい。こっちだって危ない橋を渡ったんだ。もう充分に彼らの役に立った。へまをやったのはやつらだ。あの警官が言ったようにとばっちりを食うのはごめんだ。

警察官が戻ってきて免許証を見せろと言った。

李源一は躊躇した。ここで警察に身元を知られたくはない。しかし、逆らうとかえって面倒なことになる。迷った末に李源一は素直に免許証を見せることにした。警察官は免許証を受け取ると、記載されている事項を書き写しはじめた。落ち着かない気分だった。しかし、今のところ、ビルの中の出来事と李源一を結びつける要素は一つもないはずだった。

警察官は免許証を返すと言った。

「行っていいよ。安全運転でな」

李源一は、すでに自分は極東マフィアたちとは無関係だと思うことにした。計画は失敗し、彼らはトラブルを抱えている。彼の役割はもう終わったのだ。

ギアをローに入れ、丁寧にクラッチをつないだ。慎重に中央通りのほうへ向かう。チェルニコフがどうなろうと知ったことではない。中央通りに出る信号で停まった。そのとき、バックミラーに警官の姿が見えた。さきほどの警官が駆けてくる。

やばいな……。

李源一は思った。

目の前の信号が青になった。李は、気付かない振りをして逃げようかとも思った。だが、とても警察の追跡をかわせるものではないと思った。その上、免許証を見せたので住所を知られている。

ここはおとなしくするしかないと観念した。

警察官は、トラックに追いつき、息を切らして言った。

「すまんね。本庁の刑事が話を聞きたいと言っているんだ」

「何を聞きたいんです?」

「さあ、私は知らんよ。ちょっと来てくれ。車はバックさせて左端に寄せるんだ」

李源一は、密かに深呼吸してから言われたとおりにした。

店の表がにわかに騒がしくなり、碓氷はそちらを見た。血塗《ちまみ》れの男が二人、それぞれ二人の男たちに担《かつ》がれて店内から姿を現した。

制服の警察官と救急隊員が駆け寄る。どうやら二人とも息はあるようだった。

　碓氷は、人垣をかき分けて怪我をした男たちを運んできた連中に近づいた。彼らは、呆然と救急隊員の応急手当を見つめている。一目見てちんぴらとわかる連中だ。どこかの組の構成員かもしれないと、碓氷は思った。

「いったい、何があった？」

　碓氷が尋ねると、彼らは同様にはっと碓氷のほうを見た。とたんに、彼らはふてくされたような態度になった。碓氷の身分を肌で感じ取ったのだろう。

「撃ってきたんだよ、いきなり……」

　神経質なほどきっちりと髪をセットした男が言った。まだ若い。

「撃ってきた？　誰がだ？」

「知らねえよ。外人だよ」

「外人……？」

「ああ」

「何人いた？」

「俺たちが見たのは三人だよ」

「それで？　おまえたちは何者だ？」

「ただの客だ」

「ふざけるなよ」

碓氷は凄んで見せた。ヤクザに引けを取らない自信がある。

髪を丁寧にセットしたちんぴらは、言った。

「簡単に筋目名乗るわけにはいかねえよ」

さらに凄む。

「おまえ、誰としゃべってると思ってるんだ?」

警察官は、バックを持っている強みがある。警察に敵《かな》う組織を持つ暴力団はない。

ちんぴらは、眼をそらしてさらに反抗的な態度をとって見せた。だが、それは負け惜しみだということを碓氷は知っていた。彼らは敗北を認めたのだ。

ちんぴらは言った。

「菅井田組だよ」

「菅井田組?　板東連合だな?」

「ああ……」

「ここで何をしていた?」

「オヤジに呼ばれたんだよ」

「オヤジ?　組長か?」

「ああ、そうだよ」

「組長はここで何をしていた?」

「人を探していたんだよ」

「誰を探していたんだ?」

ちんぴらは躊躇していたが、やがて諦めたように言った。

「オヤジに向かってハジいたやつだ。それも外国人だと言っていた」

「組長が撃たれただって?」

碓氷は、さきほど聞いた発砲事件のことを思い出した。「それは、駅の向こう側の発砲事件のことか?」

「知らねえよ」

本当に知らないのかもしれなかった。

「それで、組長はまだ中にいるのか?」

「ああ……」

とたんにちんぴらの態度が変わった。それまで精一杯虚勢を張っていたのだ。彼は、すがるような眼になっていた。

「いるんだよ。まだ、オヤジが中に。金崎の兄貴といっしょに。俺たちに下へ行けと言って、自分はやつらと戦う気なんだ。なあ、オヤジを助けてくれよ……」

碓氷は、所轄の警察官を呼んだ。

「おい、こいつらを連れて行け。銃刀法違反、威力業務妨害、暴対法違反その他もろもろだ。殺人未遂をくっつけるのはかわいそうかもしれねえがな……」

　ちんぴらは言った。

「病院に行かせてくれよ。仲間が心配なんだ」

「そういうことを言える立場じゃねえんだ。仲間の容態は教えてやる。さあ、連れて行け」

　碓氷は、河本小隊長を見つけると言った。

「撃ち合いをやっている連中の片方は、ヤクザ者だ。板東連合系の菅井田組。古いタイプのヤクザだよ。頭よりも腕っ節で勝負する。やはり、駅の向こうの発砲事件が飛び火したらしい」

「発煙筒の仕掛けを作ったのはおそらくプロだ。外国人だというのなら、うなずけるな。海外の犯罪者の中には、軍隊経験のある者が少なくない。だが、そんな連中がなんでヤクザと揉めているんだ？」

「さあな……」

　複数のサイレンが近づいてくる。河本が言った。

「おう、ようやく応援の到着らしいな」

　機動隊が一個小隊、つまり三十五名やってきた。たちまち、エース・コンピュータ館の周囲は、ものものしい雰囲気に包まれた。やってきたのは機動隊だけではなかった。警視庁捜査一課から一班丸ごとやってきていた。管理官が付いてきている。

　碓氷は管理官に、現状を報告した。白髪が混じった髪をオールバックに固めた、いかにもやり手そうな管理官は、碓氷のほうを見ずにうなずいた。

「暴力団員と外国人の撃ち合い。外国人は三人、確認されている。だが、それ以外の状況は不明。そういうことだな？」

「そうです」

「ごくろう。君はもういい」

「は……？」

「今から、私が指揮を取る。君はS班と本庁の連絡係だろう？　お役ご免だ」

「しかし……」

「邪魔をせんのなら、ここにいてもいいぞ」

　管理官は、てきぱきと指示をしはじめた。手際よく機動隊員がビルの周辺に配置されていく。

　碓氷は、腹が立ったが逆らうわけにはいかなかった。何せ、管理官は警視殿だ。

「わかりました」

　碓氷がそう言ってその場を離れると、さきほどの所轄の警官がトラックの運転手を連れて近づいてきた。碓氷は、管理官に事情を話して任せてしまおうかとも思った。だが、それはあまりに腹立たしかった。

「こっちへ来てくれ。パトカーの中で話をしよう」

碓氷はトラックの運転手をパトカーの後部座席に座らせ、そのとなりに乗り込んでドアを閉ざした。所轄の警察官は、手持ち無沙汰の様子で外に立っている。碓氷は窓を開けて言った。

「あんた、もういいよ。ごくろうだったな」

所轄の警察官は、ふと不満そうな顔を見せたが、すぐに敬礼をして立ち去った。窓を閉じると、碓氷は言った。

「ええと、名前は何だっけな？　リさんか？」

「イです。李源一《イウォニル》といいます」

「李さん。事態が差し迫っているのはわかっているだろう。中の状況がまるでわからねえんだ。手の打ちようがない。だから、回りくどいことは言わない。知っていることがあったら教えてくれ」

李源一は驚いた顔をしてみせた。なんで、私が、といった表情だ。だが、碓氷にはそれが演技であることがわかった。李源一は妙に緊張している。パトカーに連れ込まれれば、誰でも緊張するが、何かを隠している者はその度合いがまったく違う。

その緊張は隠しようがない。そして、刑事は敏感にそれを感じ取るのだ。

「私は何も……」

「そう。あんたは、トラックをあそこに停めていただけだ。だからさ、俺は、あんたを捕まえようってんじゃねえ。情報がほしいだけだ」

緊張しきっていた李源一の表情に別な要素が加わった。狡猾そうな目つきになった。おそらく、碓氷の言っていることを検討しているのだろう。李源一はすでに、碓氷が取引をほのめかしていることを悟ったはずだ。

日本の警察は、アメリカの司法機関とは違って犯罪者と取引はしない。だが、それはあくまで原則に過ぎないと碓氷は解釈していた。

「知っていることを話した後、私はどうなる？」

李源一が慎重な口調で尋ねた。

「何もしていないんだろう？」

「もちろん、何もしていない」

「だったら、びくびくすることはないじゃないか。情報提供者をどうこうするつもりはねえよ」

「その言葉に嘘はないだろうな。私は日本人を信用していない」

「気が合うじゃねえか。俺も日本人を信用してないんだ」

李源一は一瞬、怪訝そうな顔をした。

「そっちが質問して、私が知っていることがあったら話そう」

「中に外人がいるそうだが、何者か知っているか？」

「ロシア人だ。極東で活動しているマフィアだ」

「極東マフィアだって？　名前は？」

「そんなことを、私が知っていると思うか？」

「思う」

李源一はたじろいだ様子を見せた。

「もし、知っていたとしても、それは言えない」

「まあいい。知りたいのは内部の状況だ。何人いる？」

「四人」

「爆弾を仕掛けたと通告したのは、その連中か？」

「そうだ」

「時限装置付きの発煙筒があったということだが、それ以外に爆発物は？」

「ない」

碓氷は、李源一を見つめた。これは重要な情報だ。万が一、李が嘘を言っていたら、二次、三次の災害につながる。李は、落ち着いている。開き直ったようだ。嘘は言っていないように見えた。すでに、彼にとって嘘をつく理由などないはずだった。

「目的は何だったんだ？」

「爆弾予告をして、ビルを空っぽにさせる。倉庫にある在庫品を盗む。それが目的だ」

「そのためには、あんたが乗っていたようなトラックがいるな？」

李源一は肩をすくめて見せた。

「だが、私は関係ない」

本来のしたたかさを発揮しはじめたようだ。

「撃ち合いになったのはなぜだ？」

「知らない」

「極東マフィアと撃ち合っているのは、日本のヤクザだが、その事情を知っているんじゃないのか？」

「ヤクザ……？」

李源一は、不可解そうに眉をひそめた。本当にその辺の事情は知らないようだ。

「そのヤクザがらみで、二時頃に駅の向こう側のラジオ会館というビルで発砲事件があった。発砲したのは外国人だという話だ。それも極東マフィアなのか？」

「外国人？」

李源一が頬をゆがめて笑った。「この私も外国人だ。私を疑わないのか？」

「目撃者が外国人という場合は、たいていは白人なんだよ。質問にこたえてくれ。その発砲事件も極東マフィアなのか？」

「いや、違う」

「確かだな？」

「確かかだって？　そんなの私の知ったことではない。私の知る限り、ロシア人たちは、このビルにしか来ていない」

碓氷はむっつりと考え込んだ。では、なぜ、ロシア人たちと菅井田組は撃ち合いを始めたのだろう？　どうも理屈が合わない気がしたが、情報が少なすぎて、うまく筋道を立てて考えることができなかった。

「まだ、聞きたいことがあるのか？」

李源一が苛立った口調で言った。碓氷は、返事をせず、考えていた。李源一は、碓氷を不安げに見つめている。その苛立ちが頂点に達する直前に、碓氷は下を向いたまま言った。

「行っていいよ」

李源一は、拍子抜けしたようにしばらく碓氷を見つめていた。碓氷はゆっくり彼のほうを見た。

「情報提供の礼でも言ってほしいのか？」

李源一は、何も言わずドアを開けて出ていった。碓氷は、しばらく同じ姿勢で考え続けていた。

　これで、少なくとも、ビルの中に誰がいるのかがわかってきた。四人の極東マフィア、二人のヤクザ、そして、二人の警察官だ。それだけなのだろうか？　一般市民は全員避難したのだろうか。

　何とか、中の様子を知ることはできないだろうか？　碓氷は思った。犯人がどこにいるのかもわからない。そのとき、碓氷はふと思った。そうか、俺はお役ご免になったんだ。

　急にばかばかしくなり、考えるのをやめてパトカーを降りた。

　今聞いた話を管理官に報告しなければならないな。

　碓氷は思った。

　どこから情報を仕入れたか訊かれるだろうか？　極東マフィア一味の一人と取引したことなどがばれたら、先の仕事の望みはなくなるな。

　碓氷は、てきぱきと指示をしている管理官に憂鬱な気分で近づいた。そのとき、野次馬の中におそろしく美しい女がたたずんでいるのに気付いた。浅黒い肌。おそらく中近東系だ。モデルのようにスタイルがいい。知的な雰囲気だ。碓氷がその女に注目したのは、単に美しいからではなかった。その表情が気になったのだ。

　その女は、ビルの騒ぎを眺めて、たしかにほほえんだのだ。

　ベーリ少佐も、ファティマを発見していた。ファティマは、ビルの前の騒ぎを見つめてほほえんだ。ベーリ少佐は、これまでファティマに対して何の感情も抱いてはいなかった。彼女は監視の対象でしかなかった。彼女が帰国するまで、監視するのがベーリ少佐の役割で、彼にとってはファティマ本人よりもその監視をやり遂げることに意味があった。

　だが、このときはファティマに対して激しい怒りを感じた。ヤクザをけしかけて、自分を騒ぎに巻き込んだときもこれほどの怒りは感じなかった。

　ベーリ少佐は、監視者として絶対にやってはいけないことをやろうとしていた。ファティマのすぐ後ろまで近づいたのだ。そして、声を掛けた。

「何がおかしいんだ、ファティマ」

　ファティマはゆっくりと振り返った。ほほえんだままだった。

「あら、着替えたの？」

　二人は英語で会話をしていた。

「この銃撃戦も、おまえの仕業か？」

「結果的にそうなっただけよ。どこの国でもマフィアはしつこいわね」

「あのロシア人たちは、何者なんだ？」

「あたしが知るわけないでしょう？」

「どうかな？　ロシアとおまえの国はどちらかと言えば友好的な関係を結んでいる」

「マフィアと友好関係を結んでいるわけじゃないわ」

「マフィア？」

「誰が見たってわかるわよ。あれは、ロシアン・マフィアよ」

「いずれにしろ、この騒ぎはおまえが起こしたものなんだな？」

「どうかしらね。ヤクザに向かって最初に発砲したのはあなたよ。あなたのせいとも言えるんじゃない？」

「私に撃つようにしむけたのは、おまえだ」

ファティマは、相変わらずにやにやと笑っていた。

「モサドも、たいへんね。あなたのような素人を雇わなければならないなんて……」

「私は素人ではない」

「簡単に尾行を見破られ、度を失って発砲し、挙げ句の果てには、監視対象者と接触をした。これが素人でなくて何なの？」

「監視の任務は終わったんだ。おまえのことなどどうでもいいから、この場を立ち去れと言われた」

「ならば、どうしてそうしないの？」

「おまえが、騒ぎを見てにやにやと笑っているのを見たからだ。怪我人が出ている。それを笑っているおまえを見て腹が立ったんだ」

「それで、どうするつもりなの?」

「女でなければ、一発パンチをお見舞いするところだ」

「やれば? 私たちの世界では女も男もないはずよ」

ベーリ少佐は、さっと眼をそらした。

私は、弄《もてあそ》ばれている。たまらなく口惜しかった。しかし、ファティマの実力を認めなければならないと思った。この女スパイはおそらく、私よりもずっと多くの実戦経験がある。修羅場をくぐり抜けているのだ。それが、肌で感じられた。

上司であるベンヤミン大佐と似通ったものを感じる。それは、ベーリ少佐が無条件で認めなければならないものだった。国家や立場を越えて、今、ベーリはファティマに対して、たしかに尊敬のようなものを感じはじめていた。

「別に騒ぎを見て笑っていたわけじゃないわ」

ファティマの声が聞こえた。その口調から嘲笑するような調子が消えており、ベーリ少佐は眼を上げてファティマを見た。

ファティマは、ビルの正面を見ていた。

「私が笑っていたのはあれよ。あそこで指揮をしている警察官。背広を来ている男よ。彼は自分で何をしようとしているのかをよく理解していない。何が必要で何が不必要かをちゃんと認識していないのよ」

ベーリ少佐は、思わずその警察官を見つめた。半白の髪をオールバックにしている。てきぱきと命令を下しているように見えるが、たしかにファティマの言うとおり、それは見せかけだけのような気がした。

機動隊をビルの周囲に配置しているだけだ。

ファティマが言った。

「どこの国だって、自動小銃やショットガンを持った連中を投入するわ。でも、あの男はそれをしようとはしない」

「日本人は銃アレルギーだからな」

つい、ベーリ少佐は引き込まれるように言った。「銃撃戦に慣れていないんだ」

「相手はロシアン・マフィアよ。日本人相手のつもりじゃとても太刀打ちできない」

「それで笑っていたというわけか？」

「嘲笑していたわけではないわ。ほほえましく思っていたのよ」

「ほほえましく？」

「そう。心優しく、人のいい日本人。平和があたりまえだと思っている日本人……。私も日本人に生まれたかったわ」

その言葉は、あながち皮肉とは思えなかった。

「あんたの言うとおりだな……」

ベーリ少佐は言った。「私が見た限りでは、あのロシア人たちはプロだ。戦い方を心得ている。あの警察官のやり方じゃ、まんまと出し抜かれるのがオチだな」

「私は、しばらく成り行きを見守っていることにするわ。あなたは、早く姿を消さなければならないのでしょう？」

ベーリは迷った。たしかに、ベンヤミン大佐には、すぐに姿を消せと言われていた。しかし、警察はビルの中だけに注意を集中している。もはや、ベーリ少佐に危険はなさそうだった。

そして、ベーリにとってファティマのほほえみがさきほどとは違った意味を持ちはじめていた。それが、ひどく魅力的に思えてきたのだ。たしかに、彼女は美しかった。

「私も興味があるな。私はロシアン・マフィアがまんまと逃げるほうに賭けるがね」

「賭けにならないわね」

ファティマは、蠱惑的《こわくてき》な笑みを浮かべた。「私も賭けるとしたら、ロシア人ね」

チェルニコフは、はっと階段のほうを見た。階段を上ってくる足音が聞こえる。一人ではない。少なくとも二人。

ヤクザどもがやってきたのかと思った。それにしては無防備な足音だ。階段を駆け上がってくるのだ。

子分が撃たれて、前後を忘れたのだろうか？

チェルニコフとオレアノフは、フロアの中程にある陳列台の陰に隠れ、人質たちも同じ場所に引き込んだ。

「おとなしくしていろよ。でないと、あそこに倒れている男たちのようになるぞ」

ロシア語だったが、人質たちには何を言ったか理解できているはずだ。足音が近づいてくる。銃を構えたオレアノフは微動だにしない。足音が止まった。警戒しているようだ。

息詰まるような緊張が続くが、チェルニコフにとっては日常と変わりなかった。やがて、声が聞こえてきた。

「アレキサンドル、セルゲイ、そこにいるのか？」

ロシア語だった。なおかつその声には聞き覚えがあった。仲間の二人が戻ってきたようだ。しかし、油断はできない。ヤクザが彼らに拳銃を突きつけているということも考えられる。

チェルニコフは言った。

「私だ。ゆっくり上がってこい」

二人は言われた通りにした。彼らだけだった。ヤクザはいない。

チェルニコフはセルゲイの肩を叩いた。セルゲイはようやく集中を解いた。

二人が近づいてくると、チェルニコフは言った。

「どうした。とっくに逃げたものと思っていたぞ」

青い眼をした仲間の一人が言った。

「そのつもりだったが、下は警官に囲まれてしまった。どうやら、トラックは逃げたらしい」

「逃げてくれたほうがいい」

チェルニコフが言った。「警察につかまって、余計なことをしゃべるよりはな」

「いったい、どういうことになっているんだ？」

緑色の眼に黒い髪の仲間が尋ねた。

「どういうわけか、ヤクザが私たちにちょっかいを出してきた。彼らは銃を持っていた。当然ながら、撃ち合いになった」

「これからどうする？」

チェルニコフはすっかりおとなしくなった三人の人質を指さした。

「彼らが、私たちに協力してくれるはずだ」

「なら、早いところ逃げ出そう。こんなところに長居していても仕方がない」

「ヤクザたちを見なかったか？」

青い眼と緑の眼は同時にかぶりを振った。

「妙だな。彼らがあっさりと諦めるとは思えないんだが……」

「どこかで待ち伏せをしているのかもしれない」

青い眼が言った。「少なくとも階段にはいない。俺たちは、階段を二階から上ってきたんだ」

「おそらく、下の階のどこかだ……。ヤクザのことを考慮に入れておかないと、また痛い目にあうことになるな……」

チェルニコフは思案顔で、セルゲイに尋ねた。

「弾はあとどれくらいある？」

セルゲイはポケットに手を突っ込み、一本のマガジンを取り出した。フルロードで八発入るから、八発プラス現在拳銃の中に入っている弾数ということになる。

青い眼の男も緑の眼の男も、銃撃戦には加わっていない。従って、拳銃の中に八発、予備のマガジンが二本残っているはずだ。これは、仕事に出るときに用意したものだ。

チェルニコフもすでにマガジンを一本、撃ち尽くしている。彼は、警察官から奪ったリボルバーのシリンダーを開いてみた。六発入りのシリンダーに五発だけ弾丸が入っていた。ファイアリングピンが当たっている個所の弾丸を抜いてあるのだ。暴発を防ぐためだろうが、これにはチェルニコフは笑ってしまった。日本の警察官というのは、それほど銃の扱いに慣れていないのだろうか。

「警官隊と撃ち合うには充分な弾数とは言えない。だが、こちらには人質がいる」

チェルニコフは落ち着き払っていた。「やるべきことをやれば、何も心配はない」

そのとき、後ろ手に手錠を掛けられた中年の警察官が何か言った。

眼で倒れている若い警察官と背広の男を交互に見ている。手当をしたいと言っているのだろう。たしかに二人はまだ息がありそうだった。だが、かなり出血している。早急に輸血が必要だろうし、もし呼吸が微弱だったら人工呼吸や心肺蘇生法も必要かもしれない。

チェルニコフはその手間を省いてやることにした。まず、無造作に警察官に拳銃を向けた。

中年の警察官が、必死に喚いた。チェルニコフは引き金を引こうとした。中年の警察官は、身を乗り出して哀願を始めた。何を言っているかはだいたい想像がついた。

あいつを殺すつもりなら、私を殺してくれ。たぶん、そのようなことを言っているに違いない。

ならば、望み通りにしてやろうか。

チェルニコフは、中年の警察官に銃を向けた。

だが、結局引き金を引かなかった。引けなかったのだ。チェルニコフは、今では掃き溜めのような世界で生きているが、彼にも希望に燃えた時代があった。それが、旧ソ連軍にいた時代なのだ。

兵士たちの結束は何物にも代え難いと本気で信じていた時代だ。中年の警察官を見て、その兵士の結束を思い出してしまったのだ。

チェルニコフは拳銃を中年の警察官に向けたまま、青い眼の仲間に言った。

「この鍵で手錠を解いてやれ、倒れているやつの手当をさせてやるんだ。人質は多いほうがいい」

手錠の鍵は、拳銃につながっている白い紐に付いていた。

チェルニコフは、店の従業員らしい男にも手伝わせることにした。中年の警察官は、まず、背広の男に駆け寄った。仲間は後回しだった。この態度に、チェルニコフは少なからず感動した。あくまでも、一般市民の様子を先に見たというわけだ。

日本の警察は腰抜けだとばかり思っていた。しかし、彼らにも使命感はあるらしい。チェルニコフは、中年の警察官を撃たなくてよかったと思った。彼にわずかながら共感を感じていた。

9

史郎と石館は、トイレの中で息を凝らしていた。史郎は、まだ緊張のために吐き気がしていた。これが夢であってくれたらどんなにいいだろう。寝床で目覚めて、ああ、夢だったかというあの安堵感がやってきてくれないだろうか。

だが、どうやらこれはまぎれもない現実のようだった。フロアでは拳銃を持った外国人がうろうろしているし、床には撃たれた高橋と警察官が横たわっている。

「おい、二人増えたようだぞ……」

そっと様子をうかがっていた石館が言った。「階段のほうから現れた」

史郎は、石館が発見されるのではないかと、気が気ではなかった。頼むからおとなしくしていてくれと思った。

石館が、振り返って言った。

「おまえ、携帯電話とか持ってないのかよ?」

「持ってませんよ。あなたは?」

石館は、舌を鳴らした。

「店に置いて来ちまったんだ。秋葉原で働いている人間ともあろうものがな……」

「どういうことです？」

「おそらく、単位面積あたりの携帯電話の密度は、秋葉原が日本一だ」

「へえ……」

　こんなことに感心している場合ではない。

「外と連絡が取れればな……」

「どうしてです？　連絡が取れたってどうしようもないじゃないですか」

「ばかだな。警察は、内部の状況がわからないから手が打てずにいるんだ。こっちから中の状況を教えてやれば、何とかできるかもしれない」

　史郎は、自分たちが人質にならなかったことが、不幸中の幸いだと思っていた。ただここでじっとおとなしくしていれば、いずれ警察が何とかしてくれるだろうと思っていたのだ。

　だが、事態はそう甘いものではないようだ。警察と自分たちは遠く隔絶されている。ビルの中は広い。警察がこちらの状況を把握するには時間がかかるに違いない。そのうちに、史郎たちも発見されてしまうかもしれない。

　あの外国人たちだって、そのうちトイレを使うだろう。史郎は絶望的な気分になった。僕はただ、憧れの秋葉原を探索にやってきただけじゃないか。どうして、こんなことになってしまったのだろう。

石館は、姿勢を低くすると、再び角まで移動していってそっとフロアの様子を覗き見た。

やめてくれ。

史郎は思った。

見つかったらどうするんだ。

石館は、しばらく様子を見た後に、トイレに戻ってきた。

「どうやら、警察官とこの店の従業員が、撃たれたやつの応急手当をはじめたようだ」

史郎は泣きそうな気分で言った。

「どうしておとなしくしていないんですか？　見つかったらどうするんです」

「じっとしていても、いずれ見つかるかも知れないんだ。何とか助かる方策を考えるほうがいい」

「僕たちに何ができるって言うんです？」

「さあな。だから、考えているんだ」

史郎は不思議でたまらなかった。じっとしているのが一番じゃないか。それをどうして……。

「僕にはとてもじゃないが、あなたのようにはできません。怖くってたまらないんです」

「俺だって怖いさ。こんな思いをしたのは初めてだ。怖いけど、何だか血が熱くなるような気がする」

「血が熱くなる」

「そうさ。どんなゲームをやったときも感じなかった興奮だ。今まで、俺は何もかもが面倒くさいと感じていた。生きること自体が面倒だと思っていたんだ。だけど、それは生きるってことがどういうことかわからないからだったんだと、ここで気付いた。生命の危機に接してみないと、生きることの意味なんてわからないんだ。俺は目から鱗が落ちたような気分なんだよ。怖いけど、何かせずにはいられないんだ」

「生きることの意味を悟ったのはいいですけど、僕を巻き込まないでくださいよ」

「ばか言うな」

石館は言った。「おまえも俺も、もう巻き込まれてるんだよ。腹をくくれよ」


菅井田は金崎とともに、まだ四階にいた。一度は怒りに駆られたものの、拳銃の中の弾丸がたったの三発とあって、かなり心細くなってきたのだった。

ここで引くわけにはいかない。かといって、ここで死んだら犬死にだ。下には、警察が待ち受けているだろう。派手にドンパチをやったのだから、当然捕まるだろう。そして、前科がたっぷりとあるので、今度捕まったら、かなり長いこと懲役を食らうかもしれない。

子分たちは捕まっただろう。撃たれた子分のことも気になる。

ここで死ぬわけにはいかない。菅井田は、思った。死んじまったほうが面倒が少ないということもある。

ついさっきまでは、死んでもいいからあの外国人どもに一矢報《いっし》いたいと考えていた。だが、頭を冷やして考えてみると、それはあまりにも割に合わないのだ。

金崎は、文字通り必死の形相だ。それを見て、菅井田は、こいつを死なすわけにはいかないと思った。金崎にも死なれたくないし、自分も死にたくはない。

だが、ヤクザとしての面子は守らねばならない。

金崎は、たいした前科もなかったはずだ。捕まっても、ほどなく娑婆に出てくるだろう。自分が刑務所に入っている間、菅井田組の金看板を守ってもらわねばならない。

菅井田は、さまざまな事柄を天秤に掛けた。

「金崎よ」

菅井田は言った。「弾はたったの三発ずつだ。やつらは、何発持ってるか見当もつかねえ。こりゃ、へたな喧嘩だな」

「わかってます、おやっさん」

「いや、おまえはわかってねえ。これから菅井田組を切り盛りしていくにゃ、へたな喧嘩なんぞやっちゃいけねえ」

「どういうこってす？」

「子分どもを撃ったやつは覚えているか？」

「覚えています。茶色の服を着た、薄気味の悪いやつです」

「そいつだけを狙うんだ。おまえが三発、俺が三発。そいつだけに撃ち込む。当たっても当たらなくてもいい。弾を全部撃ち尽くしたら、一目散に逃げろ。余計なことは考えるな。とにかく下へ逃げるんだ」

「下には警察が……」

「だから、考えるな。生きてりゃ、何とかなる。死んじまっちゃ、元も子もねえんだ。いいな。あの薄気味の悪いやつを狙って三発撃ったら逃げる。それだけを考えるんだ。刺し違えようなんて考えるな」

「わかりました」

「俺は、エスカレーターのほうから行く。おまえは階段を上れ。俺が先に撃つ。それが合図だ。いいな」

「はい」

「じゃあ、行け。刑務所《ムショ》で会おうぜ」

菅井田は金崎に背を向けた。

碓氷は背後から声をかけられた。河本小隊長だった。

「我々は引き上げる。どうやら、もう爆弾はないという話だからな。我々がいる意味がない」

見ると、その言葉どおりS班は撤収作業にかかっている。碓氷はうなずいた。

「用無しは、俺も御同様なんだがな……。俺はもうちょっとここで様子を見ていたい」

「しかし、管理官は、ここにはもう爆弾はないなどという情報をどこから手に入れたんだ？」

「そいつは、知らないほうがいいよ」

河本は一瞬、怪訝そうな顔で碓氷を見つめたが、すぐに、まあ、そんなことはどうでもいいというふうに肩をすくめた。

「せめて、中の状況がわかればな……」

河本が言うと、碓氷はうなずいた。

「ああ……。あの管理官には、様子を探るために誰かを潜入させるだけの度胸はないらしい」

河本は笑った。

「行けと言われれば、おまえさん、行くかい？」

「行ってもいいさ。だが、どうやら管理官は、俺のことを邪魔者扱いしている。自分の班で手柄を独占したいらしい。俺にお鉢《はち》が回ってくることはないな」

「長生きできるってもんだ。じゃあな。私は引き上げる」

河本は敬礼ではなく、片手を振って挨拶すると去っていった。

さばさばしたもんだ。

碓氷は思った。あれが、スペシャリストってもんかもしれねえ。だが、残念ながら、碓氷はスペシャリストではなかった。

「何とか、中の様子がわからねえもんかな……」

碓氷は、声に出してつぶやいていた。

すると、すぐそばで誰かが言った。

「方法はあるかもしれんぞ」

碓氷は思わず周囲を見回した。野次馬の最前列で、白髪の老人がじっと碓氷を見つめている。

一瞬、浮浪者かと思った。だが、身なりはそれなりにすっきりしているし、連中に付き物の荷物も抱えていない。

「今、方法があるかもしれないと言ったのはあんたか？」

老人はうなずいた。

碓氷は、興味を抱いた。冗談を言っているようには見えない。その老人の表情は自信と余裕を感じさせた。碓氷は彼に近づいた。

「あんたは?」

「小野木源三。みんなはゲンさんと呼んでいる」

「それで、ゲンさんよ、どうやって中の様子を知ることができるってんだ?」

「付いて来い、若いの」

碓氷はこの年になって若いの呼ばわりされるとは思っていなかった。悪い気分ではなかった。ゲンさんは、人垣の向こうに消えようとしている。碓氷は慌てて後を追った。

「おい、ゲンさん。俺はあのビルの中の様子を知りたいと言ったんだ。ビルから離れてどうするつもりだ?」

「いいから、黙って付いて来い」

やがて、小野木源三と名乗る老人は、秋葉原ではありふれた小さなビルに入っていった。四階建てで間口が狭い。どうやら、コンピュータの専門店のようだった。小野木源三は、階段を昇り三階に顔を出した。そこには解体されたコンピュータが所狭しと並んでいた。基盤やら、小さなファンが付いた部品やら、平たい金属のケースに納まった部品……。

その奥にスチール製の机があり、その机もおびただしい部品で埋まっていた。長い髪を後ろで束ねた痩せた若い男がその机の主のようだった。その男は、小野木源三を見るとにこりともせずに言った。

「よう、ゲンさん。掘り出し物でも探しに来たのかい?」

小野木源三は余計なことは一言も言わなかった。

「エース・コンピュータ館の中を探りたい」

長い髪を後ろで束ねた若者は、ふと眉を寄せた。

「そっちの人は？」

碓氷は言った。

「警視庁の碓氷と言います」

「へえ、刑事さん……？」

一瞬、後ろめたそうな顔をした。

小野木源三が碓氷に言った。

「こいつは、シンと言ってね。このあたりでは有名なハッカーだ」

「ハッカーてえと、コンピュータでいろいろなところに侵入していたずらをする……？」

刑事と知って後ろめたそうな顔をしたのもうなずける。

「認識をあらためてほしいな、刑事さん。ネットを自由自在に行き来できるのがハッカーだ。悪いことをするのはクラッカー。ちゃんと区別をしてよね」

「エース・コンピュータ館で何が起きているか知ってるな？」

源三がシンに尋ねた。

「知ってるよ」

シンが携帯電話を指さした。情報は居ながらにしていくらでも集まると言いたいのだろう。「爆弾予告があって、それから銃撃戦があったんだろう？　なんか、秋葉原も歌舞伎町並になってきたね」

「闇市時代は、歌舞伎町なんぞ目じゃなかったよ」

「中の様子を知りたいってのどういうわけ？」

碓氷が説明した。

「撃ち合いをやったやつらが、まだあの建物の中にいる。どうやら、ヤクザとロシアのマフィアらしいんだが、何をやっているのかわからない。警察官が二名中にいるはずなんだが、連絡が取れん」

「なるほど。現場の指揮を取ってるお偉いさんがお手上げというわけか」

碓氷はその問いにはこたえないことにした。源三が言った。

「あのビルに入り込んで、何とか中の様子を探る方法はないか？」

シンは考え込んだ。

「中に入るって言ってもなあ……。あそこのサーバーに入るのは簡単だよ。何度かやったことがある」

碓氷のほうをちらりと見た。「あ、これも違法行為だっけ？」

碓氷は何も言わなかった。

「でも、サーバーに入ったからって、中で何が起きているか知ることはできないしな……」

「監視カメラとかは、何とかならんか？」

「監視カメラからの映像がデータ化されてコンピュータの中になければお手上げだよ。おそらく、普通の防犯システムでは、映像はコンピュータなんぞ通っていない」

源三は溜め息をついて言った。

「おまえができないというのなら、レイのところにでも行ってみようか……」

とたんに、シンの顔色が変わった。

「冗談だろう。俺にできないことがレイにできるとでも言うのかい。あんなやつといっしょにしないでよ。あいつは、ただのＬｉｎｕｘ《リナックス》マニアだ。俺は、Ｃ言語使いだ。筋金入りのＵＮＩＸ使いなんだぜ」

「ＵＮＩＸだろうが、何だろうが、役に立たなければそれまでだ」

「ちょっと待ってよ。考えてみるから……。要するに、中の様子がわかればいいんだな？」

シンは、初めて真剣な顔を見せた。おそらくレイとかいうのは、このあたりのハッカー仲間なのだろう。シンはそいつにライバル意識を持っているというわけだ。

「やっぱ、だめだよ。誰かが映像を取り込んで、それをデータ化していないと……」

「おまえの悪いところは、諦めがよすぎることだ。最近の若いやつらはみんなそうだ」

「そうは言うけどさ……」

「最近のノートパソコンには、役にも立たないビデオカメラがついておるだろうが、こういうときくらい役には立たんのか?」

シンは目を見開いて、源三の顔を見た。碓氷には何のことかわからなかったが、二人は理解しているらしい。

シンが言った。

「それだよ! さすが、ゲンさん。そうと決まれば……」

シンは、机の上にある基盤むき出しのコンピュータに向かった。キーボードを打ち込んで、呪文のようにぶつぶつと何事かつぶやいている。

「ウインドウズで再起動して、と……。インターネット経由でエース・コンピュータ館のサーバーに入り込めばいいんだろう……。朝飯前だ。さて、問題はそれからだ……」

碓氷は、シンがいったい何をやっているのか見当も付かなかった。何やら呪術的な雰囲気を感じ取った。碓氷の若い頃は、コンピュータと言えば、手の届かない最先端の技術であり、神経質なくらいに清潔な研究所というイメージがあった。

だが、シンの職場は、あきらかに錬金術師のような怪しげな雰囲気が漂っている。机の周囲も乱雑だ。いつしか、コンピュータ・マニアというのは、かつての古本コレクターや乱読を趣味とするような読書マニアのような存在になっているのかもしれないと、碓氷は思った。

「LANで繋がっているマシンがいくつかあるな。共有されているドライブを探ってみる……。お、こいつは使えそうだ……」

シンは、ディスプレイを覗き込んで、さかんにマウスを動かし、キーを叩く。

「キャプチャ・ソフトがあるはずだ。さて、それを何とか起動できればな……」

「できそうにないのか?」

源三が尋ねた。

「普通は無理だね。でも、このシンは普通じゃない。見てろ……」

源三がディスプレイを覗き込んでいる。碓氷もそばに寄ってみた。

「映ったぞ」

シンが言った。「これ、何だと思う?」

源三がじっと画面を覗いている。やがて、彼は言った。

「壁だな……」

「壁……?」

源三が場所を開けたので、碓氷はディスプレイを覗き込んだ。

たしかに、画面一面が白っぽい。画面のかなり右よりに縦の直線があり、その右側が少し暗い色になっている。

「何も映っていないんじゃないのか？」

「いや、たしかに画像は来ている。これは、エース・コンピュータ館の壁だ。ビデオカメラが壁のほうを向いているんだ」

源三が言った。

「ビデオが付いたノートパソコンは一台だけじゃあるまい。ほかのマシンはどうなんだ？」

「LANで繋がっていて、ドライブが共有されているのはこいつだけだね。こいつ一台あっただけでもめっけもんだな。俺がネットワーク管理者なら、誰が触るかわからない店頭デモ用のマシンをネットワークに繋ぐなんて怖くてできないね。下手をすると、店全体のシステムを壊されちまう。おそらく、このマシンはネットワーク関連商品のデモ用に使われていたんだろう」

碓氷は、眉を寄せた。

「今、俺たちはたしかにエース・コンピュータ館の中を覗《のぞ》いている。だが、肝腎《かんじん》のカメラは店の中のほうではなく壁を向いているというわけか？」

「どうやら、そのようだね」

碓氷は溜め息をついた。

源三が言った。

「ま、世の中はそうそう、うまくはいかないもんじゃ。何かほかの手を考えるか……」

碓氷は、失いかけた期待をかき集めてシンを見た。シンは、両手を頭の後ろで組んで体を背もたれに預けてしまった。

「別の手って言ってもなあ……」

ぼんやりと壁が映し出されているディスプレイを眺めている。ほんの一分前までの熱意をあっさりと放り出してしまったようだ。

碓氷は、源三を見た。源三も少々落胆したような表情でディスプレイを眺めている。碓氷は、目論見が失敗したことを知った。

世の中はそうそう、うまくはいかない、か……。

エース・コンピュータ館の前に戻ろうと思い、足を部屋の出口に向けようとしたときだった。

「あれ、これ、なんだ……？」

シンが声を上げた。がば、と身を乗り出し、ディスプレイを覗き込む。源三も顔をディスプレイに近づけた。

「何だ？」

碓氷は二人の肩越しにディスプレイを覗き込んだ。

ビデオカメラが映し出している画面の右寄り、縦の直線の右側の色が濃くなっている部分に何かが見え隠れしている。

「これ、人の頭じゃない？」

シンが言った。

たしかにそう見える。どうやら、縦に走っている直線は、壁のとぎれ目か角の部分らしい。その向こうから誰かがこちら側を覗いているのだ。

「誰かが隠れているようだの」

ゲンさんが言った。

隠れている？　壁の向こう側に誰かが隠れており、店の中を覗き見ているのだ。これは何を意味しているのだろうか？

考えられることは、それほど多くはない。同じフロアに、何か脅威になるものがいて、その様子をそっと盗み見ているに違いない。この場合、ロシアン・マフィアかヤクザしか考えられない。そして、隠れているということは、その人物はまだロシアン・マフィアに発見されていないということだ。

「くそ」

シンが呼びかけるように言った。「おい、そこのおまえ、カメラを反対側に向けてくれ。そうすりゃ、俺たちにも、おまえが見ているものが見えるんだ」

その言葉は、そのまま碓氷の気持ちでもあった。だが、その人物は、こちらがカメラを通して見ているなどということに気付くはずはない。奇跡でも起きない限り、その願いはかなえられそうにない。

「この映像を送っているコンピュータが何階にあるかわかるか？」

碓氷はシンに尋ねた。

「確かなことは言えない。でも、エース・コンピュータ館では、ノート・パソコンを五階に展示している。だから、こいつも五階にあるマシンだと思うけど……」

碓氷はうなずいた。

「ゲンさん。これだけでも大助かりだよ。恩に着る」

源三はかぶりを振った。

「持ち場へ戻ろうというのか？　せっかちな。せっかくこちらに風が吹いてきているんだ。勝負を賭けるのはこれからだよ」

「どういうことだ？」

「待てば海路の日和《ひより》ありだ。いいか？　これだけツキが重なったんだ。この先、もう一つくらいツキを期待してもかまわんだろう。待つんだよ。何か起きるのを」

碓氷は、源三を見つめた。不思議なことにその顔を見ているうちに、彼を信じてもいいような気分になってきた。

どうせ、現場をお払い箱になった身だ。しばらくここにいてもどうということはない。

碓氷は、源三に付き合うことに決めた。

菅井田はそっと、停まっているエスカレーターを昇った。両手で拳銃を握っている。掌に汗をかいておりグリップがぬるぬるした。

昇りきるとすぐに壁に身を寄せた。フロアの様子はわからない。下手に様子をうかがって発見され、先手を打たれたら生きては帰れない。

呼吸が荒くなっていた。心臓が躍っている。

こんな思いは久しぶりだった。若い頃は無茶もやった。何より勢いがあったし、無茶を自慢し合う仲間もいた。だが、今は違う。守るものが増えすぎた。

ヤクザが守りに入っちゃ、お終《しま》いだよなあ……。

菅井田は、心の中でつぶやいた。

そういえば、しばらく刑務所《ムショ》にも入っていない。捜査員とのきついやり取りともご無沙汰だ。

よく映画などでは、お勤めだのという言い方をするが、あれは辛いもんだ。捜査員も相手が極道だとわかると情け容赦なく責めてくる。麻薬が絡んだりすると、そのルートを聞き出そうと毎日が拷問だ。

刑務所というのは、徹底的に規律にのっとった生活を強いられる。分単位の生活だ。これがヤクザ者にとってみれば辛い。

菅井田はその辛さをよく知っていた。二度と刑務所などに入りたくはない。だから、ある年齢になると極道は、組を構えて保身に走る。若い衆をかかえて、罪をかぶってもらうのだ。

菅井田もそうした生き方をするつもりだった。しかし、ほんの些細な行き違いでそれもままならなくなってしまったようだ。

こうなったら、もう一度刑務所に入るのも仕方がないだろう。死ぬよりはいい。

そうだ。この頃は、考えたこともなかった。いつしか忘れていたのだ。金のことだけに追われ、若い頃の気迫を忘れていた。

生きるか死ぬかの場面で、死んでもいいなどと考えるやつはいない。ましてや、死にたいなどと考えるやつはいないのだ。誰もが生きたいと考える。それが自然なのだ。

生きる望みなどという生やさしいものではない。ぎりぎりの生に対する執着だ。

警察に捕まろうが、刑務所に入ろうが、生きていれば何とかなる。それで、組が解散しようと、生きていればやり直せる。組員が一人でもいい。看板なんぞなくたっていいじゃないか。菅井田はそう自分を説得しようとしていた。

くそっ。何で、こんなことになっちまったんだろう。

菅井田の心は揺れ動いた。生きていればいいと思う一方で、失おうとしているものが惜しくてたまらない。

ようやくここまで来たんじゃないか。苦労して上納金を納め、系列の冠婚葬祭には何があっても顔を出して、有力者にへつらい、上から無理難題を押しつけられても、何とかこなし……。

事務所を出るときには、こんなことになろうなどとは、夢にも思っていなかった。得意の地上げ仕事なので意気揚々と出かけたのだ。

あの女のせいだ。

あの茶色い眼の外人のせいだ。

ここにいる外人どものせいだ。

菅井田は再び、頭に血が上るのを感じた。

怒りが、恐怖と緊張を押しのけていく。金崎はすでにきっかけを待っているに違いない。

菅井田は、ゆっくり深呼吸をはじめた。

畜生、てめえらのせいで……。

てめえらのせいで……。

てめえらの……。

怒りがピークに達するのを待つ。じきに、その瞬間がやってきそうだった。

「おい、あれを見ろ」

石館が史郎のコートを引っ張った。

「何ですか」

史郎は驚いた。自分がフロアを覗き見ているだけでは足りずに、史郎にも見せようというのだ。史郎はまっぴらだった。それでなくても、ロシアン・マフィアに見つかるのではないかと気が気ではないのだ。

「あそこだよ。あそこの棚の上だ。一番こっち側にある陳列台だ。ノートパソコンのディスプレイを見ろ」

石館が後退して場所を開けたので、史郎は仕方なく、這っていってそっと言われた場所を見上げた。たしかに、そこにはノートパソコンが並んでおり、こちらにディスプレイを向けている。

史郎は、すぐさま顔を引っ込めると言った。

「あれがどうかしたんですか？」

「ビデオカメラが付いている機種だ」

「そうらしいですね」

「キャプチャ・ソフトが起ち上がっている。こっち側を映していた」

「キャプチャ・ソフトが稼働しているのなら、映っていても不思議はないでしょう」

「さっきまで、キャプチャ・ソフトは起ち上がってなかった」

「本当ですか？」

石館は、そこにいると危険と感じたのか、史郎をいざなってトイレの中に移動した。

「間違いない。突然、ソフトが起ち上がったんだ」

それが何を意味しているか、史郎にもわかった。

「つまり、誰かが外からアクセスしているということですか？」

「それだけじゃない。ビデオカメラを利用して、店内の様子を探ろうとしているんだ」

誰かがハッキングを試み、あのノートパソコン内にあるビデオ・キャプチャ・ソフトを利用しているということはわかる。しかし、その仕組みが史郎にはまるでわからない。外からリモートコントロールするなんて……。

「でも、そんなことは不可能ですよ」

「やっているやつがいるんだ。それしか考えられない。きっと、とびきり特別のソフトを使ってるんだ。アクセスしているのは、常識をはるかに超えたものすごいハッカーだ」

「じゃあ、誰かが僕たちを見ているということですね？」

「そうだ。何か、書くものを持っているか？」

「書くもの？」

「メッセージを書いて知らせるんだ」

「紙もペンもありませんよ」

「ジェスチャーで伝えるか……」

史郎はびっくりした。

「そんなことをしたら、あの外人たちに見つかっちゃいますよ」

「まあ、そりゃそうだな……。だが、なんとかしたい」

「ハッキングまでして、こっちの様子を探ろうとしている人がいるんです。じっとしていてもきっと助けに来てくれますよ」

「それじゃだめなんだ」

「だめ……？」

「俺、あの子を助けたいんだ。あの子を、俺が助けたんだという証《あかし》が必要なんだよ」

「あの子って……」

史郎は、またしても驚いた。「あのキャンペーンガールですか？　たしか、仲田芳恵とかいう……」

「そうだ。おまえがストーキングしたあの子だ」

「だから、それは誤解ですって……」

「わかったよ。とにかく、俺はあの子が気に入っているんだ。これが付き合うきっかけになるかもしれない」

「あの人、怖いじゃないですか……。東京の女の人って、みんなああなんですか？」

「東京にだっていろいろなのがいるさ。いい女と付き合うためには、多少は苦労するもんだ」

史郎には信じられなかった。しかし、石館の気持ちがわからないではなかった。そして、石館が仲田芳恵のことを言いだしたことで、史郎の気持ちも少なからず変化した。

自分より弱い存在に気付いたのだ。

そうだ。彼女は怯えきっているに違いない。僕だって怖い。でも、男はそんなことは言っていられない。

男女平等といわれようと、男より女がたくましくなったといわれようと、男は女を守るものだと、史郎は何となく信じている。

田舎で年寄りとともに暮らしていたせいかもしれない。女権論者が聞いたら、余計なお世話だと言われそうだが、史郎にはそういうところがあった。

好きな女を救いたいという、石館の単純さも好ましかった。

そして、必死にこちらの様子を探ろうとしている誰かの存在が頼もしかった。その誰かに応えてやりたいと思いはじめたのだった。

史郎は言った。

「わかりました。やりましょう」

その豹変ぶりに、今度は石館が戸惑ったように言った。

「やるって、何をだ？」

「彼女を助けるんです」

石館は、まじまじと史郎を見た。

「おまえも彼女と付き合いたいのか？」

「そうじゃありません。あなたに協力すると言っているんです」

「おまえ……」

石館は半ばあきれたように言った。「いいやつだな」

「田舎者ですからね」

「東京育ちをばかにするなよ……。それで、どうする？」

「あのカメラはくるりと一八〇度回転させられるんですよね」

「そうだ」

「そっとあの陳列台に近づいて、カメラを回転させるんです。そうすれば、向こう側の状況が映し出されるはずです」

「ちょっと待て……」

石館はまた角のところまで這っていって、慎重に様子を見て戻ってきた。「たしかにおまえの言うとおりだ。カメラを向こうに向けさえすればうまくいきそうだ。問題は、見つからずにあそこまでたどり着けるかどうかだ……。そこの角から、あの陳列台まで約六、七メートルはある。這っていっても見つかる危険がある……」

「でも、やらなければなりません。「倒れている二人も心配です」

「何かきっかけがあればな……」

石館は唇を噛んだ。

沼田巡査部長は、高橋の止血を戸田に任せた。高橋は背中を撃たれており、弾は貫通していない。撃たれた衝撃のために一時気を失っていたが、今は意識があった。恐怖と不安のためパニックを起こしかけている。

戸田に圧迫止血の方法を教えた。戸田は、エプロンを外しそれを折り畳んで傷に押しつけた。

北原巡査は腹を撃たれていた。呼吸が浅く、意識も混濁《こんだく》しているようだ。こちらのほうが高橋より重傷だった。一刻も早く、医師の手当が必要だった。

腹を撃たれた場合、腹膜炎などの感染症が心配だった。

「だいじょうぶだ」

沼田巡査部長は言った。「死なせやせんぞ」

制服の上着を脱ぎ、それを丸めて傷に押しつけた。北原巡査は、弱々しくうめいている。

死なれてたまるものか。

沼田巡査部長は思った。

北原は、どちらかといえば気に入らない部下だった。というより、沼田巡査部長にとっては、今時の若い連中は誰でも気に入らなかった。権利ばかり主張して、仕事は最低限の努力で済ます。そういうところばかりが眼につく。

北原は特に要領がいいやつだった。それは彼のよさでもあるのだが、沼田は認めたくなかった。要領がいいくせに、妙に杓子定規《しゃくしじょうぎ》なところがある。それが鼻についた。

しかし、今、そんなことは些細なことだとわかった。

二人は、文字通り命を懸けて任務を遂行しなければならない立場にあったのだ。そして、それは、北原が沼田に命を預けるということであり、また沼田が北原に命を預けるということだった。

戦場で部下を撃たれた兵士は、ちょうどこんな気分になるのだろうか。

沼田は思った。

平穏な日常では、味わったことのない感情。眼の奥が燃え、口の中がからからになるくらいに、激しい怒りだった。

警察官として、これまで犯罪者に対して抱いたことのない感情だ。それは、まぎれもなく殺意だった。

氷のように無表情に人を撃つ、小柄な男。そして、ほほえみを浮かべつつそれを眺める男。こいつらは、絶対に許せない。誰が許しても、俺が許さない。

沼田は、怒りのために今にも目がくらみそうだった。彼は、北原の腹を圧迫しながら、じっと一点を見つめていた。北原の腰の脇。拳銃のホルスターだ。

もちろん、沼田の一挙一動は監視されている。沼田が拳銃を取り出そうとした瞬間に撃たれるだろう。だが、ここに銃があるのは事実だ。

何とか、こいつを取り出せないものか。

二人を撃つのが不可能なら、どちらか一人……、あの冷たい眼をした不気味な男だけでも撃てないものか……。

思えば、拳銃を持ちながらこういう場合の訓練を驚くほどしていないことに気付いた。射撃訓練といえば、横一列になって人型のターゲットを撃つだけだ。

射撃に自信などないし、このようなコンバット・シューティングなどやったこともない。だが、やってやる。きっかけさえあれば、きっとやってやる……。

沼田は、心に決めていた。

菅井田は何度も深呼吸を繰り返していた。その深呼吸がだんだん早くなる。気分が高揚してきた。

その頂点で菅井田は吼《ほ》えた。野獣の咆吼《ほうこう》のようだった。同時に彼は、仕切の陰から飛び出した。仁王立ちになり両手で拳銃を構えて、撃った。

その瞬間に、フロアにいた全員が伏せた。驚愕のために立ち尽くすようなやつは一人もいない。

一発目は、とんでもないところに当たった。はるか右上にそれたのだ。

次の瞬間、フロアの反対側からも一発銃声が聞こえた。金崎が撃ちはじめたのだ。

菅井田は、もう一発撃った。一番奥の陳列台に並んでいたノートパソコンの一つが吹っ飛んだ。

陳列台の陰に隠れた相手は、反撃を始めた。驚いたことに、敵が増えていた。

突然、一人の男が体を起こした。あの男だ。冷たい眼をした不気味な男。二人の子分を撃ったやつだ。

菅井田は、引き金を絞った。しかし、弾は命中しなかった。

その男は、まっすぐ菅井田を狙っている。

撃たれる。

そう思ったが、動けなかった。まさに金縛りだった。

すべてがスローモーションに見える。

畜生。俺は、子分の敵討もできねえのか……。

そのとき、その男の体が大きく揺れた。一度大きくのけぞると、背後から大きなハンマーで殴られたように前のめりに倒れてきた。陳列台に乗り上げ、三台ほどのノートパソコンを道連れに床に転げ落ちた。

背後から撃たれたのだ。

金崎の撃った弾が当たったらしい。おそらく、菅井田が言ったとおり、夢中であの男目がけて引き金を引いていたのだ。

激しく陳列台に突っ込んだ拍子に、男の手から拳銃が飛び、床を滑っていった。

やった。あとは逃げるだけだ。そう思ったとたんに、スローモーションが解除され、目の前の光景が現実味を帯びた。

菅井田は、慌てて仕切の陰に飛び込んだ。心臓が喉から飛び出そうだった。

やったぞ。子分の敵を討った。後は、逃げるだけだ。

エスカレーターを駆け下りようとしたとき、再びフロアの敵に向かって身をさらす形になった。

激しく背中を叩かれたように感じた。

誰だ背中を叩いたのは？

次の瞬間、火箸を押し当てられたような熱さを感じた。

何だ？

足がもつれる。すうっと血の気が引いて目の前が暗くなった。

何だ？　何だ？　何なんだ？

前に出ようとしたが、足がいうことを聞かない。膝から力が抜ける。

重力を感じなくなった。体が宙を舞うような気がする。エスカレーターのステップがゆっくりと目の前に迫ってきた。

激しい衝撃。上下がわからなくなる。どうやら、エスカレーターを転げ落ちているらしい。

俺は撃たれたのか……。

彼が覚えているのはそこまでだった。次の瞬間、闇の中に落ちていった。

10

撃ち合いが始まった瞬間、沼田巡査部長は北原の上に覆い被さっていた。頭上を銃弾が飛び交う。

先ほどのような激しい撃ち合いではない。散発的に撃っている。

おそらく、ヤクザたちの弾は乏しく、外国人たちは今後の逃走のために弾薬を節約しているのだろうと思った。

またとないチャンスだった。

沼田は、北原のホルスターに手を伸ばした。カバーのホックを外そうとする。すぐに銃を抜けないホルスター。実用性のなさに舌打ちをした。

ようやくカバーを開き、拳銃のグリップを握ったとき、沼田は後頭部に固く冷たいものを押し当てられた。

眼だけ動かして背後を窺うと、例の取り澄ました男がいた。彼は、姿勢を低く保ったま ま、銃口を沼田の後頭部に押し当てていた。

この状況で、彼はまたほほえんでいた。その笑いは嘲笑ではなく、どこかうれしそうな表情だったので、沼田は不思議に思った。

その男がゆっくりとかぶりを振った。沼田は、拳銃のグリップから手を離さざるを得なかった。

また、銃声がとどろき、続いて何かをひっくり返すような大きな音がした。取り澄ました男が、沼田に銃を突きつけたままその音のほうを見た。

沼田は身動きが取れないので、何が起きたのかわからない。だが、その男の表情から何か重大なことが起きたことを知った。その男は、初めて眉根に皺《しわ》を寄せて、きわめて深刻な表情を見せたのだった。


「うわっ。またかよ！」

銃声がしたとたん、石館が言った。「また、撃ち合いだ……」

史郎は、石館を見つめた。石館が怪訝そうな顔で見返してくる。

「何だ？」

「チャンスかもしれません」

「何だと？　正気か？　撃ち合いの中だぞ」

「撃ち合いはフロアの向こう半分でやってるんです。誰もこちらに注意を向けていないかも知れません」

「そりゃそうだが……」

不思議なことに、恐怖が消えていた。史郎は緊張も吐き気も感じていない。今は、あのノートパソコンのビデオカメラからこちらを見ている誰かに対して、応えなければならないという義務だけを感じていた。

おそらく、麻痺しているだけかもしれない。心のどこかがショートしてしまったようだ。だが、いい傾向だ。恐怖は後から感じればいい。

「もうチャンスはないかもしれません」

石館は、長くは迷わなかった。

「そうだな。行くっきゃないな……」

「僕が行きます」

「いや、だめだ。行くのは俺だ。俺が失敗したら、バックアップを頼む。もしかしたら、動けなくなるかもしれない」

「撃たれるってことですか？」

「それは考えないことにするよ」

石館は、引きつった笑いを浮かべて見せた。

銃声がとどろき、石館はびくりと頭を引っ込めた。生まれて初めて銃声を聞いたのが、今日の二時頃だった。それから、何時間も経っていないのに、何発銃声を聞いたことか……。

ぐずぐずしていると、恐怖がやってきて身動きが取れなくなりそうだった。石館は、行動を開始した。

さきほどのような激しい撃ち合いではない。互いに、様子を見合っての緊張した銃撃戦だ。石館はまず角のところで停まり、様子を窺った。誰もが姿勢を低くしており、これならばうまく陳列台に隠れて移動できそうだった。そう思ったとたんに動き出していた。

気分が高揚している。それ以外の感情は感じない。これが本当の切れるということなんだなと石館は感じた。そんな自分が不思議でたまらないが、これは事実だった。

陳列台までの約六メートルが、ひどく長く感じられた。一発、また一発、銃声が響く。陳列台にようやく達した。

手を伸ばしてノートのディスプレイとキーボートの蝶番《ちょうつがい》の部分についている筒状のビデオカメラをくるりと回転させた。これでビデオカメラは向こう側を向いた。

フロア内の様子が映し出されるはずだ。石館は方向転換してトイレのほうに引き返そうとした。

そのとたん、また一発銃声が響き、すぐさま物が続けざまに落下するような激しい音がした。それから、フロアは静かになった。

何が起こったのだろう。石館はそっと陳列台から顔を出して様子を見た。外国人の一人が倒れている。その背中に血の染みがあった。周囲にはいくつかのノートパソコンが落ちていた。

一人が撃たれたらしい。

誰かが何かを叫んだ。しまったと思った。外国人の一人が飛んできた。青い眼をした男だった。その男はひどく興奮しており、銃を突き出して、もの凄い勢いで何か言っていた。

石館は、小便が漏れそうになった。実際、わずかに失禁していた。それくらいに恐ろしかった。

石館は、引き立てられ、仲田芳恵のところに連れて行かれた。芳恵は、目を真っ赤に泣きはらし、半ば放心したように石館を見ていた。

ちくしょう。捕まっちまっちゃどうしようもないじゃないか。

石館は、芳恵の隣に座らされた。

警察官とエース・コンピュータ館の従業員が倒れている男たちの応急手当をしているようだ。その警察官の頭に拳銃を突きつけている男がいる。

その男が何か言った。石館を引っ張ってきた青い眼の男がうなずいてトイレのほうに向かった。

様子を見に行ったのだ。まだ誰かいるかもしれないから見てこいと言われたのだろう。

石館は、これで自分たちができることはなくなったと思った。あとは、ビデオカメラからの映像を見ている誰かを頼りにするしかない……。

それは、奇跡の瞬間と言ってよかった。

一瞬、画面が乱れたと思うと、まったく違う場面が映し出された。

陳列台があり、さらにその向こうにも同じような陳列台があるようだった。突然、向こう側の陳列台の陰から男が立ち上がった。外国人のようだった。砂色の髪をしている。突然その男が陳列台の上に激しく投げ出された。どうやら撃たれたようだ。

碓氷も源三もシンも、無言で凍り付いたようにディスプレイを見つめていた。

「また撃ち合いをやっている」

やがて、碓氷はうめくように言った。

別の外国人が何か喚きながら突進していった。ややあって、日本人を引っ張って来た。若い日本人だ。

「人質がおるな……」

ゲンさんが言った。

「くそっ。最悪だ。民間人を人質に取っている。きっと、警官は撃たれたか人質にされているんだ」

碓氷は吐き出すように言ってから、冷静になれと自分に言い聞かせた。

李源一の話によると、ロシア人は四人。そのうち、今一人撃たれた。残るは三人だ。どうやら、その全員が五階にいるようだ。人質が何人いるかわからないが、その人質の命は今も危険にさらされている。

一刻も早く手を打たねばならないと碓氷は思った。

画面の中で動きがなくなった。どうやら撃ち合いは終わったようだ。行動を起こすときだと碓氷は思った。

「ゲンさん。もう一度言うが恩に着る」

「礼は事件を解決してからにしてくれ」

「そうだな。あんたの言うとおりだ」

碓氷は、出口に向かった。ふと立ち止まると、彼は振り返って尋ねた。

「それにしても、中にいるやつは、よくビデオカメラの向きを変えてくれたな。こちらの意図を悟ったようだった。ゲンさん、あんた、まるでこうなることがわかっていたようだったな」

源三は言った。

「秋葉原に来る客だからな。あれくらいのことは気付いてくれると思ったよ。さ、ぐずぐずするな。あとは、あんたらの仕事だ」

「言われなくても、わかってるさ」

碓氷は、ビルを出てエース・コンピュータ館まで一気に駆けた。

距離にして二百メートルくらいだろうか。たちまち息が切れ、碓氷は情けなかった。まだまだ老け込む年じゃねえ。体がなまってやがる。

管理官は、四十歳前後の男と何か話していた。辟易《へきえき》とした顔をしている。碓氷は、二人の間に割り込んだ。

「失礼、管理官、新たな情報があります」

管理官は、碓氷を横目で睨んだ。余計なことをするなと言いたいのだが、碓氷がもたらす情報はいずれも無視できないものなので、腹立たしいのだ。それが表情にありありと現れている。

わかりやすい男だと碓氷は思った。

「情報だって?」

「はい。内部の状況がある程度わかりました。ロシアン・マフィアたちは、五階にいます」

「また、銃声がした」

「中に残ったヤクザたちと撃ち合ったようです。その撃ち合いでロシアン・マフィアが一人撃たれました。つまり、残りは三人。彼らは、一般市民を人質に取っています」

管理官は、怪訝そうに碓氷を見つめた。

「どうしてそんなことがわかる？　どこからそんな情報を得たんだ？」

「民間人の協力を得ました。ここのコンピュータにアクセスしてビデオカメラを搭載しているパソコンを利用したんです」

管理官は目を丸くして、今まで話をしていた相手を見た。その男は、ふと考え込んでから言った。

「つまり、うちのコンピュータに外部から不正にアクセスしたということですね？」

どうやら、この男はエース・コンピュータ館の関係者らしい。

管理官は碓氷に尋ねた。

「そうなのか？」

碓氷は舌打ちしたい気分だった。

「この際、そんなことを言っている場合じゃないでしょう」

「いかなる捜査においても、違法はいかん。違法捜査をすると、公判を維持できなくなる。そんなこともわからんのか？」

それとこれとは話が別だ。たしかに送検する際にいくつかのことは問題にされるかもしれない。そして、それによって一つか二つ、罪の立証が難しくなるかもしれない。

だが、今目の前で起きているのは、もはやテロ行為と言っていい。世界のどの国でもテロは取り締まるものではなく、戦うものだと考えているのだ。

碓氷は、腹が立ったができるだけ冷静に振る舞おうとしていた。

「管理官。問題は絞られてきました。犯人グループがいる場所はほぼ五階に限定されています。我々もそこまで進むべきだと思います」

「待て。ロシアン・マフィアたちは人質を取っているのだろう。そういう場合、犯人を説得するように努力するのが先決だ。人質の安全確保が第一だ」

「すでに怪我をしている者がいると考えられます。被弾している場合は一刻も猶予はならないはずです」

「その点も交渉しよう。今、国際捜査課と外事一課に連絡してロシア語の通訳を手配している」

碓氷は深呼吸してから言った。

「通訳よりも、SATを呼ぶべきだと思いますよ。S班の連中によると、相手はおそらくプロです。交渉が通じる相手ではないかもしれない。出し抜かれますよ」

「あくまでも交渉だ。それが日本の警察のやり方だ」

「それが通用しない相手もいるのです」

「君は、例の連続爆弾犯の検挙でテロにはずいぶんと自信を持っているようだな」

碓氷はもう爆発寸前だった。

「ええ。あの案件ではずいぶんと学びました」

「実績は認める。だが、君は部長刑事に過ぎん。そして、役割はS班との連絡係だったはずだ。ここの指揮を取るのは私だ。出過ぎた真似はやめたまえ」

怒るのを通り越して、あきれてしまった。こいつはだめだ。管理官にもいろいろいるが、こいつは根っからの官僚だ。

「わかりました。邪魔はしません」

「それでいい」

「ただ、私は特捜扱いなので、好きに行動させてもらいますよ」

「私の邪魔をせんのなら、何をしてもいいさ」

碓氷はその場を去りかけた。

「ちょっと待て」

碓氷は振り返った。

「この人の相手をしてくれないか?」

管理官はさきほど話をしていた相手を指さした。碓氷がうなずくと、その男は近づいてきて腹立たしげに言った。

「何です? あの人は……。こっちの話をまるでわかってくれない」

「あなたは?」

「この店の店長です。里見と言います」

「店長……？」

「そう。早く何とかしてください。早く事件を解決してくれないと、私はクビですよ」

「クビね……。そりゃ大変だ……」

「それでなくても、売り上げが落ちているってのに……。さっき、中の様子を見たとおっしゃいましたね。どうでした？　かなりの被害がありそうですか？　参ったなあ……」

「中で死にかけている人がいるかもしれない」

碓氷がそう言うと、店長の里見は不思議そうな顔で碓氷を見た。それは自分の責任ではないと言いたげだった。

碓氷はかぶりを振った。

こいつは、管理官と話しているのがお似合いだ。

「店長、ビルへの入り口はこの正面だけですか？」

里見はさらに不思議そうな顔になった。

「いいえ。裏に通用門がありますよ」

「案内してください」

「どうするんです？」

「さあ……。行ってから考えますよ」

里見は怪訝そうな表情のまま歩き出し、碓氷は黙ってその後を付いていった。

史郎は、拳銃を持った男が近づいてくるのを見て、慌ててトイレまで這っていった。見つかる。捕まってしまう。隠れなきゃ……。

史郎は咄嗟に個室に入った。トイレは小さく、個室は一つしかない。見つかってしまうのは目に見えている。

個室の扉が閉まっていたら必ず怪しまれる。やってくる男は閉まっている扉を見逃しはしないだろう。

閉まっている扉……。

そのとき、史郎はひらめいた。一か八かやるしかない。

個室の扉は内側に開くようになっている。史郎は蝶番の側の壁にできるだけぴったりと身を寄せ、扉を開いた。そして、扉と壁の間に隠れた。外から見ると扉が開いており中が空のように見えるかもしれない。うまくいくかどうかはわからない。だが、これしか考えつかない。

足音が近づいてきた。向こうも警戒しているようで、ゆっくりと近づいてくる。史郎はできるだけ肩を窄《すぼ》めて、戸が自然に開いているように見せかけた。

男はゆっくりと歩き回っている。

心臓が高鳴り、息が苦しかった。思い切り肩を縮めているので、筋肉がこわばってくる。思わず身じろぎしたくなるのを必死でこらえていた。

足音が個室の前まで来た。気配をすぐ近くに感じる。じっとしているのがこんなにつらいとは思わなかった。

やがて、足音は少しばかり遠ざかったが、まだ男はトイレの中にいた。ごそごそと衣服が擦れ合う音でそれがわかる。

何をしているんだろう。ここにいることに気付いているのだろうか？

脇の下にじっとりとした汗がにじむ。音を立ててはいけない。そう思えば思うほど、叫びだしたくなる。

ちょろちょろという水音が聞こえてきた。それが放尿の音だと気付いたのはややあってからだった。

それからまた身繕《みづくろ》いをする音が聞こえ、足音が遠ざかっていった。去るときの足音は、来るときと違い、まったく警戒していない様子だった。

史郎は、大きく息を吐いた。その息が震えていた。

男は出ていった。だが、すぐに個室を出る気にはなれなかった。実は出入り口のところに立っていて、こちらの様子をじっと見守っているのではないかという気がしてしかたがなかった。

見つからずに済んで安心した。しかし、すぐに史郎は気付いた。それが何になるのだろう。危機的な状況は変わらない。石館も捕まってしまった。ということは、考えようによっては史郎一人が取り残されたことになる。

ここにじっと潜んでいれば、あるいは助かるかもしれない。だが、それでいいのだろうか？　石館は、仲田芳恵を助けようとした。僕は、何もせずにここにいていいのだろうか？

石館は、フロアの状況を誰かに見せるために、ノートパソコンについているビデオカメラの方向を変えに行った。それは、勇気ある行動だった。

僕には何もできないのだろうか？

捕まっていないのは僕だけだ。僕に何かできることはないのだろうか？

史郎は考えた。できることなどありそうにない。こういう場合、軽はずみなことをすると事態を余計に悪くするものだということも理解しているつもりだった。しかし、このまじっとしているわけにはいかないような気もする。

やつらの行動を監視することはできる。慎重にやれば見つかることはない。一度チェックに来た場所には関心を示さないだろう。

よし、様子を見るんだ。僕が役に立つことがあるかもしれない。僕が何かをやらなければならなくなるような事態になるかもしれない。

もう、巻き込まれているんだよ。腹をくくれよ。

石館の言葉がよみがえった。

そうだ。腹をくくるんだ。

史郎は、音を立てないようにゆっくりと動き、扉の陰から出た。個室の外の様子を窺う。トイレには誰もいない。それから慎重に歩み出て、さらにトイレを出ると、両手を床についた。ゆっくりと這って角のところまで行った。

二人の外国人が見えた。立ったり座ったりしている。何かの様子を見ているようだ。その場所は、先ほど一人が撃たれて倒れた場所だった。どうやら、倒れた仲間の様子を見ているようだ。

見えないところで、外国語が聞こえた。英語ではない。あとの二人は何も言わず、話している男のほうをじっと見ている。どうやら、今話しているのがリーダー格のようだ。

その口調は、どこか差し迫ったような感じだった。二人の部下に命令を下しているようだ。事態が動きそうな気がした。

金崎は、がたがたと震えていた。

彼は人を撃ったのは生まれて初めてだった。当たったのは、ほとんどまぐれだった。彼はただ、菅井田に言われたとおり、あの外国人目がけて引き金を引いていただけだ。

二発までが、あまりに見当外れのところに着弾したので、あの外国人も高をくくったのだろう。菅井田を撃つつもりで身を起こした。自信があったのだ。

実にあっけなく、相手は倒れた。

あまりにあっけなかった。それが、恐ろしかった。銃の恐ろしさを改めて思い知らされた。

金崎は、言われたとおりに階段を駆け下りた。しかし、一階に近づくと人を撃ったことが急に恐ろしくなり、なおかつ、下で待ち受けている警察が恐ろしくなった。

とても出ていく気になれない。ビル内は、がらんとしていた。五階以外はまったく人気《ひとけ》がなさそうだ。金崎は、二階で足を止め、人目につかない陳列台の陰を見つけると、そこに潜り込んでうずくまった。

もう、動く気になれない。発見されるまで、ここでじっとしていよう。もしかしたら、誰にも発見されずに逃げられるかもしれない。ふと、菅井田のことが気になった。

オヤジならだいじょうぶだ。そうに決まっている。

すっかり弱気になった金崎は、願望と状況判断をないまぜにしていた。彼は膝を抱き、胎児のような恰好で震えていた。

何でこんな思いをしなけりゃならないんだ？　組員になれば、金も女も望み通りだと思っていたのだが、大違いだった。

ここにいれば、見つからないさ。

ここは安全だ。

あまりの緊張と恐怖のため、金崎の精神状態は、子供と変わらないくらいに退行していた。

「面白い動きをしている警察官がいる」

ファティマが言った。ベーリは思わずファティマの顔を見た。

「何だって？」

ファティマは一点を見つめてそのほうに顎をしゃくって見せた。ベーリはそちらを見た。中年のくたびれた背広を着た、見るからに頑固そうな日本人が歩いていくのが見えた。

「あれが警察官だとどうしてわかる」

「パトカーに乗り降りしていたし、特殊な防具を身につけた警察官とずっと話をしていたわ」

「気付かなかったな……」

ファティマは、またほほえみを浮かべた。そのほほえみは、嫌味なものではなく神秘的に感じられた。受け取る側の問題なのかもしれないとベーリは思った。

「今の仕事を続けたいのなら、注意力に磨きをかけることね」

たしかに、この世界ではファティマに一日《いちじつ》の長がある。べーリは納得せざるをえなかった。

「面白い動きというのは？」

「まず、店の近くに駐車していたトラックの運転手をパトカーの中に連れ込んで、何か尋問していた。それから、野次馬の中にいた老人と連れだってどこかへ行ったと思ったら、大急ぎで戻ってきた。その後、あの恰好だけの指揮官に、何か意見を言っているようだった。指揮官に逆らっているように見えたわ」

べーリはすっかり舌を巻いた。たしかに、ファティマの注意力はすばらしい。そして、見るべきポイントをしっかりとおさえているようだった。べーリは漠然と警察官の全体の動きを批判的に眺めていただけだ。

「それで、それは何を意味しているんだ？」

「おそらく、独自のやり方で情報をかき集めているんだわ。もしかしたら、それは重要な情報かもしれない」

「どうしてそう思う？」

「あの男は、実戦を知っている。そんな気がする」

「勘か？」

「経験ね」

ベーリはただ肩をすくめるしかなかった。

ファティマが歩きはじめた。ベーリは驚き、その後を追った。

「どこへ行くんだ?」

「あの警察官は、指揮官とうまくいっていない。二人のやり取りを見ればわかるわ。あの指揮官は無能だけど、あの警察官はやり方を心得ている。そういう立場の人間を助けたくはならない?」

「何で君が……?」

「この騒ぎに関して、私に多少の責任があるのだとしたら、それを収める責任もあるはずよ」

「ばかな……。放っておけよ。日本の警察の領分だ。俺たちは関係ない」

「アラーの神とヤハウエの神の違いかしらね。アラーの神は自分の責任を果たすように教えているの」

ベーリはかぶりを振った。

「俺たちの神だってそうだ。しかし、これは俺たちの責任とは言えない」

「そうかしら。私は責任を感じているの。すべては私のいたずら心から起こったことだわ。あなたはここにいて。私は行くわ」

ファティマは、まったく疑いのない足取りで例の警察官を追った。

ばかな。俺は知らんぞ。こんなことに関わったことがベンヤミン大佐に知られたら、本当にクビになるか前線送りだ。俺は、ここを動かない。ファティマが何をやろうと知ったことか。すでに、ベーリは、日本国内で発砲するというミスを犯し、すぐその場を立ち去れというベンヤミン大佐の命令を守らず、さらに尾行対象者とコンタクトを取るというタブーを犯した。これ以上の失態は、絶望を意味している。

ファティマは、あの警察官の後を追ってビルの陰に消えようとしていた。

俺はここを動かんぞ。何が起こっても、知らんぷりを決め込む。でないと、俺は……。

ベーリの心はなぜか落ち着かなかった。キャリアを大切にするのなら、絶対に動かぬことだ。その冷静さがこの仕事には何より必要だ。それは充分にわかっていた。

くそっ。俺はこの仕事には向いていないのかもしれない。

ベーリはファティマの後ろ姿を追って駆けだした。

なぜだか、ファティマのやろうとしていることが正しいような気がした。理屈で考えても説明はつかない。利口なやつなら、絶対にこんなことはしない。それはわかっていた。だが、ベーリはファティマとともに行動したかった。

あの神秘的なほほえみのせいじゃあるまいな……。

ベーリはファティマに追いつくと言った。

「あの警察官を助けると言ったな？」

「あら、どうしたの？　高みの見物をするんじゃなかったの？」

「気が変わった。頼むから理由を訊かないでくれ。自分でもわからないんだ。それより、どうやって協力するんだ？　俺たちが突然出ていっても、あの警察官は邪魔者扱いするだけだろう」

「話してみなければわからないわ」

「日本語は話せるのか？」

「ある程度はね」

　ベーリは肩をすくめてから言った。

「おそらく、俺のほうが日本語は達者だ。俺はいちおうイスラエル大使館の職員だからな。日本語を話すことに慣れている。それに、スチュワーデスが何かを言うより、イスラエル大使館の人間が交渉したほうが話が通じやすいだろう」

　ファティマはまた、例のほほえみを浮かべた。

「実は、その点も計算に入れていたの。交渉役はあなたに頼むわ」

「俺が追ってくることを予想していたのか？」

「ある程度はね」

「君にはかなわないよ」

「経験よ。すべては経験」

里見は、裏の通用口に着くまでありとあらゆる不満を碓氷に申し立てた。碓氷はうんざりして、聞く振りをしていた。通用口に着くと碓氷はこれでようやく愚痴を聞かずに済むと思い、ほっとした。碓氷は尋ねた。

「鍵は開いているんですね？」

「もちろん。この時間ですからね」

「上の階へ行くにはどうやって？」

「入ると、すぐに右手に倉庫があり、そこからあふれ出した荷物が廊下に積んであります。その脇の隙間を通り抜けると、一階の売場に出ますんで、階段でもエスカレーターでも行けます。今は防災措置でエレベーターを停めています」

「通用口に通じる廊下に荷物があふれている？　そいつはもしかしたら、消防法違反かもしれませんね」

店長は、顔をしかめた。

「このあたりじゃ、どこの店だってそうですよ。うちはまだましなほうなんだ」

碓氷は、鉄製のドアの向こうをのぞき込んだ。それからいったんドアを閉めて、里見店長に言った。

「あなたはもうけっこうです。離れていてください」

「何です？　何をしようというんです？」

「何とかしてくれと言ったでしょう」

「だからどうするのか教えてください。店の責任者として知る権利があるはずです」

「それをこれから考えるんですよ。さあ、向こうへ行ってください。ここにいると危険かもしれませんよ」

危険という言葉は即効性があった。たちまち里見は不安げな顔になり、何か負け惜しみでも言いたいのかぐずぐずしていたが、やがてその場を去って行った。碓氷は、里見などには興味はなかった。周囲を見回し、どうしたら五階にいる三人のロシアン・マフィアを制圧できるかを考えた。

ここへやってきたのは、管理官の眼の届かないところで、行動したいからだった。碓氷は、かつては、定年まで波風を立てずに勤めていたいと考える、ごく普通の警察官だった。だが、連続爆弾犯の事件を担当して考えが変わった。テロとは戦わなければならない。強くそう思うようになったのだ。

それが世界の趨勢《すうせい》だ。碓氷は、その考えは決して間違ってはいないと思った。だが、今は孤立している。管理官が現場の責任者だ。

俺に何ができる？

碓氷は周囲を見回して考えていた。協力してくれたゲンさんやシンのためにも、俺が何とかしたい。警察は組織で動くものだ。単独行動は厳しく戒《いまし》められている。あくまでも法に則《のっと》った行動を取らねばならないということもよくわかる。

しかし、それでは解決しない問題もある。テロはその最たるものだ。テロは犯罪行為というよりも、戦争行為だと碓氷は考えていた。それも、一度関わった連続爆弾犯の事件から学んだことだった。

必死で何か方策を見つけようと周囲を見回し、考えていた碓氷は、外国人が二人近づいてくるのに気付いた。男と女。女には覚えがある。騒ぎを眺めてほほえんでいた。あの表情は忘れない。

男のほうがジーパンの尻のポケットに手を突っ込み、革のケースを取り出した。広げると身分証らしいものが見えた。

「イスラエル大使館の者です。何かお手伝いできることはありませんか？」

当然のことながら、碓氷は怪しんだ。

「何だってイスラエル大使館の人が……」

「たまたま秋葉原で買い物をしていました。私は大使館付きの武官です。テロ対策には慣れているつもりです」

「だからって、他国の人が……」

「国は関係ありません。同じ立場の人間としてテロ行為は見過ごしにはできないのです」

「これは、政治的なテロではない。連中は盗みに入ったのだ」

「しかし、結果的にはテロ行為となっています」

碓氷は、男を観察した。育ちのよさそうな青年だ。見るからに実直そうだ。彼は単なる正義感から手助けを申し出ているのだろうか？　それとも、何か裏があるのだろうか？

それから、女を観察した。女のほうが、この青年よりずっとしたたかな印象があった。あのほほえみだ。簡単に信用するわけにはいかない。

碓氷は尋ねた。

「そちらの女性も、イスラエル大使館の人かね？」

男はこたえた。

「同業者です」

「軍人さんか？」

「そう考えていただいてけっこうです」

この二人に応援を頼むというのは、どう考えても常識を逸脱している。いくら、碓氷でもそれは問題外だと思った。

女が何か言った。英語だった。男はそれを訳して碓氷に伝えた。

「あの指揮官は、まるで状況をわかっていない。あなただけが、本質を見抜いている。彼女はそう言っています」

「何でそんなことがわかるんだ?」

男は、さっと肩をすくめて見せた。

「彼女はこういうことに関する専門家なのです」

専門家というのが、この場合どういう意味なのかわからなかった。しかし、納得できることがあった。彼女のほほえみだ。あれは、日本の警察の対応の悪さを嘲笑していたのではないだろうかと、碓氷は思った。

「我々は訓練を積んでいます」

男が言った。「きっとあなたの役に立てると思います」

「訓練は俺たちだって積んでいるさ」

「ならば、経験の差と言い換えましょうか? 私たちは、何度も戦火をくぐっています。そして、今このビルに立てこもっているのもおそらくそういう連中なのではないかと思うのですが……」

この一言は、重要な意味を持っているような気がした。たしかに、碓氷一人ではどうすることもできない。警察官に志願者を募ったところで、名乗りを上げる者などいないだろう。

度胸がないというわけではない。管理官の命令に背いて勝手な行動を取るわけにはいかないと、誰もが考えるのだ。

女が男に何か言った。男はうなずいた。

「私たちは、協力を申し出ているだけです。必要がないというのなら、我々は引き上げます」

「あんたたちが、中にいる連中の仲間でないという保証はない」

「イスラエル大使館に電話をして尋ねてください。私の名前はベーリ。アブラハム・ベーリです」

男は再び、身分証を差し出した。

碓氷は、迷っていた。常識で考えれば、こんな連中の応援など受け入れるわけにはいかない。だが、そのとき碓氷の頭に浮かんだのは、阪神・淡路大震災のときのことだ。海外からボランティアが駆けつけようとしたのに、外務省はその受け入れを拒否するという信じられない愚挙に出たのだ。

今、俺は、頭の固い外務省の役人と同じような考え方をしているのではないだろうか。管理官に相談したら、冗談じゃないと言われるに決まっている。それが常識だが、この局面は常識では打開できないかもしれない。

男はあきれたようにかぶりを振って、身分証をしまい、女と何か言葉を交わした。二人はうなずき合い、踵《きびす》を返して去っていこうとした。

再び、碓氷は孤立してしまう。二人の後ろ姿はたしかにたくましく見えた。戦火をくぐった軍人。今、ここで必要なのはたしかにそういう連中だ。

警視庁にもSATという頼もしい連中がいるが、管理官は彼らを呼ぼうとはしない。通訳を呼んで説得しようとしている。ロシア人たちの死にものぐるいの脱出作戦を予想していないのだ。

彼らは、自分たちが生き延びるためなら、人質の犠牲など何とも思わないだろう。常識という言い方をすれば、それが世界の常識なのかもしれない。

二人は去っていく。碓氷は、他の方策を考えてみた。そして、ついに彼は言った。

「待ってくれ」

二人は同時に振り向いた。

「もう一度、身分証を見せてくれ。大使館に確認を取る」

11

イスラエル大使館には、たしかにアブラハム・ベーリ少佐という人物が存在した。しかし、目の前にいる男がベーリであるという証拠はない。疑いはじめればきりがない。碓氷は、写真が貼ってある身分証を信じることにした。

女はファティマと名乗った。こちらは身分証を見せなかったが、とりあえずは信用することにした。大切なのは、信用できる人間とそうでない人間をちゃんと区別することだ。慎重であるのと何もかも疑ってかかるのは別だ。疑心暗鬼は何も生み出さない。

碓氷は、なぜだか彼らが信用できるような気がしていた。立場が違えばどうなるかわからない。おそらく、彼らはただの軍人ではなく、情報関係の人間だと思った。そういう臭いがする。警察官の中にも彼らのような連中がいる。公安だ。だが、今この場面では彼らを信用していいという気になっていた。

理屈ではなく肌でそれを感じる。刑事は、人を観察するのが仕事だ。碓氷は、その観察眼を信じることにしたのだ。

三人は通用口の前に立って打ち合わせをしていた。

「……では、相手はロシアン・マフィアで、四人いたうち、一人は撃たれたというわけですね？」

ベーリが言った。

「そうだ。つまり、相手は三人ということになる」

「人質を取っているということですが……」

「民間人だと思う。客の誰かを捕まえたのだろう。そいつが頭痛のタネだ」

ファティマは、日本語の会話を理解しているようだ。流暢《りゅうちょう》に話すことはできないが、日本語には通じているらしい。時折、ベーリに英語で確認を取るだけで打ち合わせは円滑に進んだ。

「相手が三人、しかも人質がいる。そういう場合、こちらは最低でも四人必要です」

ベーリが言った。ファティマがそれを理解して、英語で何か言った。ベーリが、苦い顔でうなずいた。

「何だって？」

碓氷はベーリに尋ねた。

「一人足りないのなら、あなたが二人分働けばいい。それができないのなら、私がやる……。彼女はそう言っています」

「なるほど、道理だな……」

「だが、問題はそれだけではありません。ロシア人たちは銃を持っているが、私たちにはありません」

「俺は持っている」

碓氷は背広をめくって腰のホルスターを見せた。昔はそうではなかったが、今では仕事で外出するときには必ず銃を携行するようにしている。それが、銃を持つ権限を与えられた者の義務だと考えるようになっていた。

「私とファティマにも必要です」

「あんたたちに日本国内で銃を撃つ権限はない」

「銃なしで、この問題を解決できると思いますか？」

碓氷は、苦々しい表情でうなった。もうとっくに常識を逸脱している。ここまで来て、何をためらうことがある……。

碓氷は、野次馬の整理をしていた所轄の巡査を呼んだ。巡査は駆け足でやってきた。

「何でしょう？」

「拳銃が必要だ。君のを貸してくれ」

所轄の巡査は、心底びっくりした顔になった。

「冗談でしょう……」

「非常事態だ。早くしてくれ。中では怪我人が出ているかもしれない。人質もいる。こうしている間にも尊い人命が失われるかもしれないんだ」

「しかし……」

「君に迷惑はかけない」

碓氷の口調は言葉とは裏腹に明らかに強制だった。警察官は、勢いに押されてしぶしぶホルスターから拳銃を取り出し、白い紐を外して渡した。それから、姓名を名乗り必ず今日中に返却してくださいと言った。当然の心配だった。勤務交替の際に拳銃がなければ始末書どころでは済まない。

「あそこにいる警官も呼んでくれ」

碓氷はもう一人を呼び寄せると、同じことをして計二挺の拳銃を何とか手に入れた。

「これで、私の警察官人生は終わりかもしれない」

碓氷はそう言いながら、ベーリとファティマに拳銃を手渡した。

「心配することはありません」

ベーリは言った。「あなたは、犯罪者に銃を渡したわけではないのです」

「それでも、ばれりゃ懲戒免職だよ」

ファティマがほほえんで何か言った。ベーリが通訳した。

「ならば、ばれないようにやるだけだ。彼女はそう言っています。私も同じ意見ですね」

「そう、うまくことが運ぶといいんだがな……」

石館は、そっと隣の仲田芳恵の様子を見た。芳恵は子供のように泣きじゃくっている。二人は床に座らされており、石館の眼に彼女の長い脚が映った。露わな太股。なんて美しい脚だろうと、石館はこの場にそぐわないことを思っていた。

こんな美しい脚のためなら、何だってできるさ。

石館はそっと芳恵に言った。

「心配ない。きっと無事に解放される」

芳恵は、ただ泣きじゃくるだけだ。石館は、躊躇した後に思い切って言った。

「俺が守ってやる」

芳恵の反応は冷たかった。

しゃくりあげながら言う。

「どうやって？　どうやって守るっていうのよ。どうせ、あたしたち、死んじゃうのよ」

彼女は自暴自棄になりかけている。

「外からここの様子を見ている人たちがいる」

芳恵はようやく石館のほうを見た。赤く泣きはらした目。化粧はすっかり落ちている。見る影もないはずだったが、それでも石館は失望などしなかった。なにせ、この脚だからな……。

「それ、どういうことよ」

「向こうにあるノートパソコンにはビデオカメラがついている。誰かが外からアクセスしてそのカメラを使って様子を見ているんだ。最初、カメラは逆のほうを向いていたんだが、俺がそれに気付いてこちらに向けたんだ」

芳恵は、石館の言うことを理解しているのかいないのか、ぼんやりと石館の顔を見つめていた。

「だから、今にきっと警察が……」

リーダー格の外国人が、鋭い口調で何か言った。石館ははっとそちらを向いた。外国人は石館を見ている。

しゃべるなと言っているのだろう。石館は、眼をそらし下を向いた。

そのとき、仲間の応急手当をしていた中年の警察官が切迫した口調で言った。

「おい、しっかりしろ。こんなところで死ぬな」

石館は顔を上げてそちらを見た。

「死ぬな。がんばるんだ」

中年の警察官は、倒れている若い警察官を揺さぶった。リーダー格の外国人は、その様子を黙って眺めている。その顔には何の表情も見られない。

やがて、中年の警察官はがっくりと肩を落とした。

「ちくしょう。心臓が停まっちまった」

リーダー格の外国人が、その中年警察官に近づいた。警察官は怒りにぎらぎらと光る眼で外国人を睨み付けた。外国人はかまわず、警察官を押しのけた。

二人の仲間が何事かとその様子を見つめている。

リーダー格の外国人は、撃たれた警察官の呼吸と脈拍を確かめ、眼を覗き込んだ。それから、マウストゥマウスで二回息を吹き込み、心臓のあたりをリズミカルに両手で押しはじめた。

二回息を吹き込んで、十五回心臓のあたりを押す。それを繰り返した。

不思議な光景だと、石館は思った。外国人が、撃たれた警官を助けようとしている。考えようによっては、ひどいブラックユーモアだとも思った。しかし、外国人の態度は真剣だった。

中年の警察官も、仲間の外国人たちも、不可解そうな顔でその様子を見つめていた。

チェルニコフは、自分でもどうして若い警察官を助けようとしたのかわからなかった。中年警察官の必死な様子を見ているうちに、自然に体が動いたのだ。

そのとき、彼は軍隊時代を思い出していた。目の前で死んでいこうとする部下。それを見る上官の思い……。

中年警官の気持ちが痛いほどよくわかった。チェルニコフが心肺蘇生法を始めたのは、何も人道的な気持ちからではなかった。彼はそんなものとはとっくに決別している。ただ、死にゆく部下を見る上官の思いに反応したに過ぎなかった。

アフガニスタンで死んでいった戦友もいる。アフリカで病気にかかり、帰郷を待たずにあの世へ行った友人もいる。戦火の中をともに駆け回った部隊の仲間。最前線で敵の砲撃に必死に耐えていた戦友たち……。

それがチェルニコフの頭をよぎった。彼が一番人間らしい生活をしていた頃の記憶、苦しいが未来に希望を持っていた時代の思い出だ。

心肺蘇生法は体力を使う。チェルニコフはたちまち汗を浮かべはじめた。ふと、彼は我に返り、手を止めずに顔を上げた。中年の警察官が、訝しげにこちらを見ている。

チェルニコフは、急に気恥ずかしさを覚えた。彼は警察官に英語で言った。ロシア語より英語のほうがまだ通じるだろうと思ったのだ。

「こっちへ来い。助けたいのなら、私がやっているようにやるんだ。心臓が停まったくらいでおたおたするな」

それは、上官が部下の兵士に命じる口調だった。

「二回息を吹き込んで、十五回心臓をマッサージする。さあ、続けろ」

何とか通じたらしい。警察官はチェルニコフの言ったことを、言葉ではなく態度で理解したらしく、隣へやってきた。

見よう見まねで心肺蘇生法を始める。慣れていないようだがそれでもいい。やらないよりはずっとましだ。これで、救急車が来て、本格的な治療を施すまで持たせるのだ。この若者が助かるかどうかは、運にかかっている。実際、適切な治療によって心臓停止から生還する者は意外なほど多い。

脱出するときは、この二人は置いていくことにした。どうせ、警察官は人質としては向いていない。油断ならないからだ。

チェルニコフは、緑の眼をした仲間に命じた。

「こいつらを見張っていろ。妙な真似をしたら構わないから撃て」

緑の眼が不思議そうにじっとこちらを見つめている。

「それなら、なぜ助けようとした？」

彼は尋ねた。

チェルニコフはほほえんで見せた。

「ほんの気まぐれだ。気にすることはない」

そのとき、断続的な電子音が聞こえてきた。どこかで電話が鳴っているのだ。チェルニコフは、その音が聞こえてくる方向を確かめ、青い眼の仲間に首を傾けて、行って見ろという合図を送った。

青い眼は、電話の音のするほうに歩いていき、衝立の向こうに消えた。やがて、衝立から顔を出してチェルニコフに聞こえるように大きな声で言った。

「警察が交渉をしたいそうだ。ロシア語の通訳が電話口に出ている」

交渉か……。何かの時間稼ぎだろうか？　突入の準備をしているのかもしれない。だが、こちらには人質がいる。日本人は、おそらく世界で一番人命を大切にする民族だ。つまり、殺し合いに慣れていない。

ほんの百年あまり前、サムライたちはハラキリをした。日中戦争や太平洋戦争では、平気で占領下の民間人の殺戮をやった。だが、それをさっぱりと忘れ去って、今では人命が何より大切だなどと言っている。

ちょうどいい。ここから出る方策を考えていたところだ。わざわざ要求を伝えるための通訳を用意してくれたということだ。

チェルニコフはほほえみを浮かべたまま、電話のあるところに向かって歩きだした。

「わかった。おまえはこっちに来て人質を見張っていろ。私が話す」

青い眼が、衝立の向こうから出てきて人質が見渡せる場所へ移動した。それを見届けてからチェルニコフは衝立で仕切られた中へ入った。そこは小さなオフィスだった。スチール製の机の上にパソコンや書類棚、電話が載っている。受話器が電話機の脇に置かれていた。チェルニコフはそれを手に取り、言った。

「こちらには人質がいる。重傷の者もいる。助けたいのなら、こちらの要求をすべて聞き入れてもらう」

「ちょっと待ってください」

女の声だった。警察にチェルニコフの言ったことを伝えているのだろう。

「人質は何人いますか？　怪我人の容態は？」

「質問にはこたえない。だが、一つだけ教えてやろう。警察官が一人重傷を負って、一度心臓が停止した。今、心肺蘇生法を試みている。彼が助かるかどうかは時間が勝負だ。一分でも早く専門の治療を受けさせなければならない。ぐずぐずしないことだ。こちらの要求は、脱出用のヘリを用意することだ。燃料を満タンにして屋上に持ってこい」

長い間があった。通訳が要求を警察に伝え、警察は、それについて検討しているのだ。チェルニコフは、別に苛立ちはしなかった。時間が惜しいのはチェルニコフのほうではない。

「ヘリコプターは屋上には着陸できません」

通訳が言った。

「そんなはずはないな」

チェルニコフは言った。「私はこの眼で屋上を見ている。充分な広さがある。あそこに着陸できないパイロットなどいないはずだ」

またしばらく待たされた。

「わかりました。ヘリコプターを用意します」

「言わなくてもわかっていると思うが、警察官をビル内に入れるな。警察官を見かけたら、人質を一人殺す。ヘリコプターのパイロットは一人だけ。コーパイはいらない。少なくとも四人乗れる機種を用意しろ」

それだけ言うと、チェルニコフは電話を切った。相手が要求を呑まなければ、人質を殺す。あの若い警察官を助けようとしたのとは別問題だ。あれは、本当に一時の気の迷いだったかもしれない。生き延びるためなら、どんなことだってする。あの警察官に銃弾を撃ち込んでとどめを刺してやってもいい。冷徹な自分を取り戻したチェルニコフはそう思っていた。

12

碓氷は、ベーリとファティマを先に行かせた。さすがに彼らに背を向けることはためらわれた。

ごく自然にファティマが先頭に立って進んだ。里見店長が言ったとおり、通用口を入ると廊下に段ボールが積まれていた。その脇にようやく人一人が通れるスペースがある。ファティマは銃を構え、慎重に進んでいる。その恰好が実に様になっている。実戦を経験しているというのはだてではないと碓氷は思った。

一階の売場に出た。書籍などを売っている。人がまったくいない売場というのは奇妙に空虚な感じがするものだと思った。フロアの向こう側に階段があり、手前の仕切の陰にエスカレーターがある。

「二手に分かれましょう」

ベーリが言った。「あなたはエスカレーターから行ってください。私たちは広い階段のほうから行きます」

碓氷はかぶりを振った。

「あんたたちを二人いっしょに行動させる気にはなれない。あんたがエスカレーターで行くんだ。俺とファティマが階段で行く」

ベーリはファティマの顔を見た。ファティマはうなずいた。碓氷は自分がリーダーだという自覚があった。しかし、ここに来て主導権を握りはじめているのはファティマだという気がした。

ファティマは落ち着いていて、自分のやるべきことをよく心得ているように見える。碓氷も警察官としての訓練は受けているが、ファティマはそれ以上のような気がしてくるのだ。

「人質の救出が先決だ。それを忘れるな」

碓氷は二人の顔を交互に見て言った。

ベーリはうなずき、ファティマはかすかにほほえんだ。そのほほえみの意味はわからない。自信の現れだと思うことにした。

「行こう」

碓氷が言うと、ファティマは一階フロアの様子をうかがい、それから駆けだした。碓氷は慌ててその後を追った。ベーリはすでにエスカレーターを昇りはじめたようだ。

階段の下まで来ると、ファティマはまた様子を見た。視線の先に必ず銃口を向けている。せわしなく銃を動かして、それから一気に階段を昇りはじめた。ほとんど足音を立てない。

その様子に、碓氷は頼もしさを感じた。訓練の行き届いた人間を見るのは気持ちのいいものだ。

階段を昇りはじめて、碓氷はすぐに革靴をはいていることを後悔した。碓氷の足音だけが響く。

今度からは、恰好など気にせずに足音のしない靴をはくことにしよう。

二階まで来ると息が切れた。ファティマに付いていくのがやっとだ。ファティマが足音を立てず、ペースも落とさずに階段を昇っていく。踊り場に来るたびに先ほどと同じく、ほうぼうに銃口を振り向けるようにして周囲の様子を見る。

その時間は、碓氷の小休止の時間だった。

情けねえ。普段から体を鍛えておかなけりゃな……。

三階まで来ると、ファティマはペースを落とした。碓氷の靴音が気になるのだ。それに気付いた碓氷は、なるべく音を立てないように足を運んだ。やがて、五階にやってきた。

ファティマは息を乱していないが、碓氷は息が切れていた。呼吸の音を立てないために碓氷は自分の背広の前腕部を噛んだ。

ファティマが陰からそっと五階の様子を見る。碓氷は、情けないことにすっかり主導権を奪われていた。

すでにベーリも五階にやってきているはずだと思った。ロシアン・マフィアたちは見張りを立てていなかった。三人では人質を見張るのが精一杯なのだろう。

人質がいるから、警察には手が出せないと思っているのかもしれない。たしかに、機動隊の人海作戦ではこういう場合手が出せない。しかし、こっそりと潜入した場合は別だ。

碓氷は、これからどうするつもりだろうとファティマを見た。彼女は、じっと無言で様子を窺っている。

そのうちに彼女はリズミカルに小さく体を揺すりはじめた。何かのタイミングを計っているような感じだ。

何をしているのだろう。うつむいて瞑想しているようにも見える。

突然、彼女は立ち上がり、壁の陰からフロアに飛び込んだ。

碓氷は仰天した。

立ち上がるなり、発砲していた。


仕切の向こうのオフィスから、売場に出てきたチェルニコフは、突然女が階段のほうから現れるのを見た。

私服の女だ。

緑の眼の仲間が後ろ向きに吹っ飛ぶのが見えた。

咄嗟にチェルニコフは陳列台の陰に身を隠した。女は一カ所に留まってはいなかった。

姿勢を低くしてすばやく移動する。

青い眼の仲間がその女目がけて撃っていた。だが、女はさらに移動していた。

階段のほうから別のやつが撃った。中年の日本人だ。こちらは銃撃には慣れていないように見えた。

青い眼は、二カ所からの銃撃にたまらず後退した。移動しようと思っていた彼は、思わぬ方向から撃たれ、前のめりに倒れた。

エスカレーターのほうからも誰かが撃ったのだ。

くそっ。日本の警察がこれほど思い切ったことをやるとは……。

実は、こうした強攻策が一番やっかいだった。安全第一の日本人には、こんな真似はできないと高をくくっていたのだ。

チェルニコフは匍匐《ほふく》前進した。見栄も外聞もない。仲間の二人が今、撃たれた。残るは彼一人なのだ。

彼は、巧みに陳列台を利用して移動した。女も移動しているのがわかる。階段のところに一人、エスカレーターのところに一人。

チェルニコフは、人質のところまで這っていった。

人質たちは、頭をかかえて床に突っ伏している。中年の警官だけは、心肺蘇生法の手を止めていなかった。

チェルニコフは、床でうずくまっている女の腕を取った。女は悲鳴を上げたが、かまわず引っ張り上げた。

隣にいた若い男が何か言ってチェルニコフに取りすがろうとしたが、チェルニコフはその男を蹴り離し、女を立たせた。

それからゆっくり自分も立った。女の頭に拳銃を突きつけている。それが何を意味しているか、誰にでもわかるはずだった。

チェルニコフは英語で言った。

「動くな」

彼はできるかぎり冷静でいようと思った。しかし、興奮は押さえきれなかった。仲間はみんな撃たれた。日本の警察は、交渉を申し入れる一方で、こうした強攻策を打ってきた。

彼は、人質を全員撃ち殺したくなった。その衝動にようやく耐えていた。冷静にならなければ、この場を乗り切ることはできない。

「ヘリコプターを呼ぶという話は嘘なのか?」

チェルニコフは英語で言った。「なめられたものだな。人質を殺すというのは嘘ではないことを見せてやろう」

女が英語でこたえた。

「殺すがいい。人質を撃った瞬間がおまえの最期《さいご》だ」

ほう、こいつは何者だろう。見たところ日本人には見えない。交渉の仕方を心得ている。少なくとも、電話でのやり取りとはちょっと違った印象を受ける。日本の警察官ではない。では、なぜ、ここに来たのだ？

その疑問は一時棚上げにすることにした。今は、それどころではない。たしかに人質を撃った瞬間に、女は私を撃つだろう。背後から狙っている男も同時に撃つはずだ。私が助かる望みはないというわけか……。

だったら、こういう方法はどうだ？

チェルニコフは、人質の女の胴に左腕を回したまま姿勢を低くして陳列台に背中を寄せた。そして、必死で心肺蘇生法を続けている警官のほうに銃を向けた。女を楯にしたまま、別の人質に狙いを付けたというわけだ。

「私が一発撃つだけで、二人死ぬかもしれない」

女は黙ったままだった。

チェックメイトかもしれない。チェルニコフは思った。

「後ろから私を狙っているやつに言うが、そこから撃ったら、この娘も怪我をするだろう。わかっているだろうが、撃たれた瞬間に私は引き金を引く。そこの警察官二人も死ぬことになる」

すべての動きが止まった。ようやくこちらのペースになってきたとチェルニコフは思った。強気に出ることが大切なのだ。相手の言うことに耳を貸してはいけない。

「さあ、銃を捨てて一カ所に集まってもらおう。エスカレーターのところにいる君、ゆっくり前へ回って、そこの女の隣に立て。階段にいる君もいっしょだ」

彼らは躊躇していた。一瞬、英語がわからないのかとも思った。

やがて、エスカレーターのところにいた男が歩み出てきた。売場を大回りして女の脇に行く。この男も日本人には見えない。女は中近東系、おそらくペルシャ人の血を引いている。男はユダヤ系に見えた。

それから、ややあって、階段のところにいた中年の日本人が歩み出てきた。

チェルニコフは思った。

こいつらの正体はわからない。だが、そんなことはこの際どうでもいい。所詮、こういうことだ。仲間は全員失ったが、彼らにできるのはそこまでだった。この私を倒すことも、捕まえることもできはしない。

「さあ、銃を捨ててもらおう。早く！」

まず、中近東系の女が捨てた。二人の男はすぐにそれに倣《なら》った。どうやら、この女が主導権を握っているらしい。

チェルニコフは、捕まえていた娘を放した。娘はずっと泣きじゃくっており、チェルニコフが何かするたびに、悲鳴を上げた。

娘を放すと、チェルニコフは中近東系の女に銃を向けた。この三人は危険だ。消しておかなければならない。

チェルニコフは引き金に指を掛けた。


ファティマは、相手を見くびっていたことを悟った。

強行突入すれば、たいていの人間はうろたえて正常な判断を失う。撃たれれば、撃ち返すことしか頭になくなるのだ。だからこそ、強攻策は成功する確率が高いのだ。

しかし、このロシア人の頭の回転と度胸は計算外だった。これほどの男がなぜ、盗みなど働かなければならないのか。強盗など、もっと小物のやることではないか……。

ファティマは唇を噛んだ。

ロシア人が人質を放し、立ち上がった。そして、彼は銃をファティマに向けた。

失策だったかもしれない。二人の男を道連れにしてしまった。ヤクザに一泡吹かせて、ベーリを撒《ま》く。そのいたずら心がすべての元凶だった。

身から出た錆《さび》だ。私もこれまでか……。

ファティマは、覚悟を決め、ベーリと日本の警官に心の中で詫《わ》びていた。

また撃ち合いがあって、史郎はトイレの中で怯えていた。だが、事件に巻き込まれた当初とは違う。恐れながらも、自分ができることはないかと考えていた。やがて、撃ち合いが収まり、静かになった。

史郎は、また這って角のところまで出た。売場をうかがうと、外国人が芳恵を捕まえて銃を突きつけている。芳恵は、ひぃひぃと声にならない声を上げている。

どういうことになっているんだ？

史郎はあたりを見回した。そのとき、三メートルほど前に拳銃が落ちているのに気付いた。オートマチックの拳銃だ。おそらく、最初に撃たれた外国人が放り出した銃だ。

あの銃があれば何とかなるだろうか？　あの銃で外国人を撃つんだ。

だが、次の瞬間、そんなことはできそうにないと思った。

第一、史郎は銃など撃ったことはない。本物の銃に触ったこともないのだ。

今、撃ち合いをやっているのは、おそらく僕たちを助けにきた連中だ。ならば、こうして黙っていても問題は解決するかもしれない。少なくとも、誰も来ずに怯えていたときよりはずっといい。

史郎はさらに成り行きを見守ることにした。犯人の外国人一人しか見えない。他の二人はどうしたのだろう。

そして、撃ち合いをやっているのは本当に助けに来てくれた人々なのだろうか？

外国人は、芳恵を引きずるようにして姿勢を低くした。英語で何か言っている。それにこたえたのは女の声だった。やはり英語だった。何を会話しているのかよくわからない。しかし、緊迫したやり取りであることはわかった。

犯人が英語でまた何か言った。しばらくするとエスカレーターのほうから銃を持った男がゆっくりと歩み出てきた。これも外国人だった。

英語で会話をしている女。そして、外国人の男……。撃ち合いをやっていたのは、警察ではなかった。僕たちを助けに来たわけではないのか？　では、どうして撃ち合いを止めたのだろう。犯人が芳恵を楯に取ったように見えた。それで撃ち合いが終わったということは、少なくとも人質を助けようとしているように思える。

いったい、これはどういうことなのだろう。警察以外で助けに来てくれる人がいるなどということは考えられない。

史郎は訳がわからなくなった。

史郎はもう少し状況がよく見えるところへ移動したかった。どうやら、犯人は一人だけになったようだ。他の二人は撃たれたのだろうか？

史郎は勇気を出して立ち上がった。立ち上がって見れば、さらに様子がよくわかるはずだった。立ち上がり、角のところからそっと覗き見る。

三人が並んで立っているのが見えた。外国人の男と女、そして日本人らしい男。彼らは、犯人に何か言われて銃を捨てた。

状況はよくないほうに向かっている。それがわかった。

犯人が立ち上がるのが見えた。彼は、勝利のほほえみを浮かべているように見える。

まずい。何とかしなきゃ。

だが、どうすればいい?

どうすれば……。

史郎は、再び床に落ちている拳銃を見た。拳銃までの距離は約三メートル。

考えている暇などなさそうだ。ここは勇気を持って行動するときだ。黙っていればいずれ助かるかもしれないと思っていた。だが、今はその考えを捨てるときだ。

史郎は、一度深呼吸をした。勇気が必要だ。勇気が……。

史郎は再び姿勢を低くした。そして、思い切って角のところから前へ出た。足の立たない場所に初めて泳ぎ出たときのことを思い出していた。

犬のように両手両膝で進んだ。拳銃のところまで行くと、倒れている外国人たちが見えた。おびただしい血。生きているのか死んでいるのかもわからない。

だが、怯えているときではない。史郎は手を伸ばして拳銃を握った。ずっしりと重く、グリップは冷たい。

自動拳銃のメカニズムなどよく知らない。だが、この銃の持ち主は撃たれる直前まで撃っていたのだ。引き金を引けば弾が出るに違いない。

銃を握り、陳列台の上からそっと様子を見る。

犯人の外国人が、並んで立っている三人に銃を向けたところだった。

いけない、あの三人が撃たれる。

やるべきことは一つだ。

僕が撃たれるかもしれない。だが、あの三人が何とかしてくれるかもしれない。

迷っていては手遅れになる。やるべきことをやらなかったがために、誰かが殺された。

そんな思いをひきずって生きていくのはまっぴらだった。

史郎は立ち上がった。その瞬間に、どこか意識がふっとんでしまったような気がする。

夢の中の出来事のような気がした。

「止めろ！　銃を捨てろ」

史郎は叫んでいた。

犯人の外国人が、驚いたように眼をこちらに向けた。銃はまだ三人のほうに向けている。

史郎は自分の鼓動と呼吸の音を聞いていた。肩が上下している。それにつれて、握った拳銃が動いている。

犯人はそれに気付いたようだった。犯人はまたほほえんだ。

なぜ、ほほえむんだ？

僕は銃を向けているんだぞ。撃つぞ、撃つぞ。本当に撃つぞ。

犯人までの距離は五メートルほどだ。当たるかどうかはわからない。だが、撃つことはできる。撃てば当たる確率はゼロではない。

銃がぶるぶると小刻みに震えている。

どうして震えるんだ。これじゃ狙えない……。

夢を見ているような意識のどこかで、史郎は苛立っていた。


チェルニコフは、また新たな男が現れたので、正直、しまったと思った。しかし、それがまだ子供と言っていいような若者で、緊張しきっている様子を見て、やれやれと思った。

銃を持つ手が震えている。あれでは当たるまい。

しかし、銃を持っている相手を軽く見てはいけないことを、チェルニコフは知り尽くしている。まぐれ当たりという事実を無視はできない。

あの若者と勝負することになるのか……。若者が銃を撃てるかどうかさえ疑問だ。そして、あの若者を撃つことはたやすいような気がした。

問題は、並んで立っている三人だ。こちらが、若者に銃を向けた瞬間に行動を起こすかも知れない。銃はすぐには手の届かない位置にあるが、物陰に隠れられたらやっかいだ。

チェルニコフは冷静に計算した。そうなったら、また人質を利用するだけだ。

彼は方針を決めた。そして、それに従って実行するだけだ。これは賭けだ。運試しなのだ。この賭けに負けるようでは、もう私のツキはない。

チェルニコフは、さっと銃を若者に向けた。


動いたら撃つ。それだけを考えていた。

他のことはなるべく考えないようにした。どうせ考えても仕方がないのだ。

動いたら撃つ。

動いたら撃つ。

動いたら撃つ。

史郎は頭の中で呪文のように繰り返していた。ゲームセンターでやった射撃ゲームを思い出した。銀行や駅、町中などいろいろな状況で敵を撃つゲームだ。

あれと同じことだ。ゲームでは敵が現れた瞬間に撃たないと、相手が撃ってくる。

あのゲームと同じなんだ……。

犯人には余裕が見て取れる。

ちくしょう。冗談じゃないぞ。こっちだって銃を持っているんだ。

外国人の体が動いた。こちらに狙いを付けようとしている。

ゲームと同じだ。ゲームと……。

史郎は、引き金を引いた。半ば眼をつむっていたかもしれない。

その後、何が起きたのかよくわからない。銃を持つ手にしたたかな衝撃を感じた。すさまじい音。たった一発の銃声で耳が役に立たなくなっていた。

夢のような感覚がさらに強まる。

脳貧血を起こしたときのような視界だった。視界の隅がゆがんでいるように感じられる。

外国人の左肩が激しく後方に動いたのが見えた。足がもつれている。

その瞬間に、並んで立っていた三人がさっと動いた。特に女の動きが素早かった。彼女は床にダイビングすると、二メートルほど前方に落ちていた銃を拾った。そして、銃を犯人に向けると素早く立ち上がり、近づいた。

犯人は、激しく頭を振ると銃を近づく女に向けようとした。しかし、女が銃を突きつけるほうが早かった。犯人は動きを止めた。

女は、引き金に指を掛けた。その指に力をこめようとする。

ああ、撃つのだな……。

史郎はぼんやりとそう思った。現実感が失せている。

そのとき、誰かが叫んだ。

「撃つな！」

碓氷は、夢中で銃に飛びつこうとしていた。しかし、ファティマの行動のほうが一瞬早かった。

ファティマが、素早くしかもしなやかな動きでロシア人に銃を突きつけた。ロシア人の動きが止まった。彼は肩を撃たれていた。

ファティマは、ロシア人にとどめを刺そうとしていた。これが、彼らのやり方なんだ。

碓氷は、止めるべきかどうか迷っていた。撃たないとまた撃たれる危険がある。

そのとき、「撃つな」と誰かが叫んだ。碓氷はそちらを見た。

倒れた警察官の心臓を必死にマッサージしている中年の警察官だった。

「撃つな」

警察官はさらに言った。「撃っちゃいかん。これ以上死傷者を出す必要はない」

ファティマは引き金に指を掛けたままだった。ロシア人を見据えている。

やがて、ロシア人は銃を取り落とし、肩の傷を押さえて床に崩れ落ちた。ファティマはその銃を遠くに蹴りやり、銃口をロシア人に向けたままやや遠ざかった。

碓氷はロシア人に近づいた。左肩からひどい出血をしている。意識ははっきりしているが、自信に満ちた表情は消え去り、変わって自嘲じみた笑いが浮かんだ。

それから碓氷は、まだ拳銃を構えて立ったままの若者を見た。その若者に近づくと言った。

「もういい。だいじょうぶだ」

碓氷はゆっくりと手を伸ばし、若者の持つ拳銃を握った。若者は手が白くなるほどきつくグリップを握りしめており、放そうとしない。碓氷は、右手で銃を握り、左手で若者の肩を叩いた。

若者ははっと夢から覚めるように緊張を解いた。ゆっくりと銃から手を放す。

碓氷は拳銃を受け取り、安全装置を掛けた。コッキングが解除されて、撃鉄が降りた。

それから、若者に尋ねた。

「君は？」

「六郷。六郷史郎と言います。あなたは？」

「警視庁の碓氷だ。どうしてここに……」

「トイレに入っているときに、あの外国人たちが撃ち合いを始めて……」

「そうか……。電話がある場所を知らんか？　救急隊を呼ばなければならない」

「あの奥に事務所があって、そこに電話があります」

そちらを見たとき、タイミングを計ったように電話が鳴り出した。碓氷は、急いで事務所に行き、電話を取った。

女の声でロシア語らしい外国語が聞こえてきた。おそらく、あの管理官が呼び寄せた通訳だろうと思った。

「犯人は検挙した。繰り返す。犯人は検挙した。大至急、救急隊を寄こしてくれ。瀕死の重傷を負っている者がいる」

「え……」

戸惑いの間……。それから、男の声がした。あの管理官の声だ。

「誰だ、君は？」

「邪魔をしてすいませんね。碓氷です。でも、どうにもじっとしていられませんでね」

「命令を無視したな。それ相当の処分を覚悟してもらうぞ」

「わかってます。救急隊員を早く……。警官が一人死にかけているんです。他にも、怪我人がいます」

いまいましげな声が聞こえた。

「待ってろ。君もそこを動くな。民間人の人質がいると言っていたな。そっちはどうなんだ？」

「一名が被弾。あとは無事です」

電話が切れた。

碓氷は受話器を戻すと、事務所を出た。ロシア人を撃った若者は、まだ同じところに立っていた。

碓氷は彼の肩をもう一度、ぽんと叩くとベーリとファティマのところに近づいた。ベーリは倒れている男たちの様子を見ている。彼によると、一人はすでに息がなく、ほかの人間は辛うじて生きているということだった。ファティマは、まだロシア人に銃を向けている。

この女は油断ということを知らないのだなと碓氷は思った。

巡査部長の階級章を付けた警察官はまだ人工呼吸と心臓マッサージを続けている。どれくらいそれを続けていたのかはわからない。彼は汗びっしょりで、必死の形相だった。

やがて救急隊員がエレベーターから現れた。エレベーターが復旧したらしい。それから一分ほど遅れて、階段から機動隊員がどっと押し寄せてきた。

救急隊員は、まず最初に人工呼吸と心臓マッサージを受けている警察官の様子を見た。その場で気管に挿管してバッグで人工呼吸を始める。折り畳み式のストレッチャーに警官を乗せると、一人が馬乗りになって心臓マッサージを続けた。巡査部長はおろおろした様子でその後を追って行った。

さらに、別の救急隊員が次々と駆けつけて倒れているすべての人々の様子を見て、救急車へと運んでいった。

碓氷はその様子をぼんやりと見ていた。

最後まで戦ったロシア人が運ばれていく。彼は比較的軽傷のようだった。あとの始末は管理官に任せればいい。

機動隊員がベーリとファティマを検挙しそうになり、碓氷は慌てて言った。

「その二人はいいんだ。たまたま居合わせた協力者だ」

碓氷は二人に近づいた。

「何と礼を言っていいかわからんよ。そして、謝らなきゃならん。あんたたちをずっと疑っていたんだ」

ベーリが言った。

「それは当然のことですよ」

ファティマが何か言って、それをベーリが訳した。

「私は一度諦めかけた。絶妙のタイミングで現れた、あの少年を褒めるべきだ。そう彼女は言っています」

碓氷はロクゴウ・シロウと名乗った若者を見た。彼はまだ、どこか放心したような感じだ。

人質になっていた若者が立ち上がり、ロクゴウと名乗った若者のほうを見た。二人の眼が合うとロクゴウ少年はゆっくりと人質だった若者のほうに歩きはじめた。やがて、彼は駆け足になった。

人質だった若者が両手を差し出すと、ロクゴウ少年はそれを両手で握った。

人質だった娘が立ち上がり、まず隣の若者に抱きついた。それから、ロクゴウ少年にも抱きつき、やがて三人で抱き合った。

「私たちは姿を消すよ」

ベーリが言った。

碓氷は驚いて、ベーリとファティマのほうを見た。

「姿を消すだって？」

「そのほうが、あんたのためだと思う。そして、私もそのほうが都合がいい。実は、私はここにいてはいけないのだ。できれば、私のことを絶対に発表しないでもらいたいのだが」

碓氷はしばらくベーリとファティマを交互に見ていたが、やがて言った。

「そうだな。それがお互いのためだな。下まで送ろう。私が付いていけば面倒はない」

碓氷は、二人をいざなってエレベーターに向かった。ふと、中年の巡査部長のことを思い出した。

あの撃たれた警官は助かるだろうか？

碓氷は小さくかぶりを振ると、歩きだした。

エレベーターの中では、ファティマもベーリも口をきかなかった。碓氷も黙っていた。

ビルの周辺は混乱していた。救急車が次々と到着し、怪我人を運んでいく。

ベーリがまず拳銃を碓氷に差し出し、ファティマもそれに倣った。碓氷は二つの拳銃をベルトに差した。ベーリが無言でうなずく、ファティマがまた例のほほえみを浮かべた。

碓氷も言葉が浮かばず、黙ってうなずいただけだった。

　二人は碓氷に背を向けると去っていった。あっけない別れだ。だが、それでいいんだと碓氷は思った。二人の後ろ姿を見ていると妙に感傷的な気分になってくる。やるべきことがまだ残っている。碓氷は、そのことだけを考えることにした。

　まず、拳銃を貸してくれた所轄の巡査を探した。彼らはまだ野次馬とマスコミの整理に追われていた。一人ずつ、物陰に呼んで無事に拳銃を返した。二人はまったく同様に心からほっとした表情を見せた。気が気ではなかったのだ。

　シリンダーに空薬莢《からやっきょう》が入っているから、それを捨て、報告の際には、警視庁の碓氷に乞われて実包を供与したと言ってくれ。碓氷は二人にまったく同様にそう言った。

　後から呼んだほうの巡査が尋ねた。

「この銃を何に使ったのですか？」

「あー。それは訊かんでくれると助かるんだがな……」

　巡査は、訝しげに碓氷を見つめていたが、碓氷はさらに相手が何か言う前に背中を向けて歩きだした。

　これから、管理官だの課長だのにあれこれ尋ねられるに決まっている。もしかしたら、査問に掛けられるかもしれない。おまえさんにまであれこれ尋ねられたくはないんだ……。

　幸いなことに、管理官の姿は見えない。碓氷は、エース・コンピュータ館を離れて、小さなビルが建ち並ぶ裏通りに向かって歩きだした。

じっとディスプレイを見つめていたシンと小野木源三は、決定的瞬間を見逃さなかった。

「すげえ……」

シンは、叫んだ。「これ、すごい映像だぜ」

源三はすべてが終わると、大きく息をついて側にあった椅子に大儀そうに腰を下ろした。

「どうやら、秋葉原のお得意さんの命を救えたようだな……」

「でも、どうして撃ち合いになんてなったんだ？　それに、画面が小さくてよく見えないけど、あの刑事といっしょにいたのは外国人の男女みたいだった。あれ、どういうことだ？」

「知らん」

源三は言った。「知る必要もない。秋葉原には世界中の人間が集まってくる。何が起こっても不思議じゃないさ」

「ゲンさん、冷《さ》めてんだな」

「闇市時代からこの街で生きているんだ。たいていのことじゃ驚かんよ」

「さっそく、みんなにメールを打って知らさなきゃな。決定的な瞬間の映像も添付して送ってやろうか……」

「映像を取り込んだのか？」

「もちろん。こんなの見逃す手はないよ」

シンがメールソフトを起ち上げて、文章を打ち込みはじめた。源三は、その様子をぼんやりと眺めていた。しばらくして、源三は溜め息をつくと言った。

「やめておけ」

「どうしてだ？」

「おまえのハッカーとしての良識を疑われるぞ」

シンは手を止めた。しげしげと源三を見つめている。それから、メールソフトが起ち上がっているディスプレイを見つめた。

そこへ、誰かが訪ねてきた。シンと源三は同時に来訪者を見た。碓氷だった。

シンは目を丸くして言った。

「たまげたな。ヒーローのお出ましだ」

碓氷は何も言わずシンを見つめた。

源三が碓氷に言った。

「わざわざ礼を言いに来たか。律儀だな」

「それもある」

碓氷が言った。「だが、そっちのハッカーに用があった」

「何だい？」

碓氷は黙って右手を差し出した。何かを寄こせと言っているのだ。

シンは、その右手と碓氷の顔をしばらく交互に眺めていたが、やがて、しかめ面になるとMOディスクをドライブから取り出した。

「これかい？」

「やはり、映像を記録していたな？」

「ああ。せっかくキャプチャ・ソフトが働いていたんだからね」

「中で起きたことを公表されたくないんだ」

シンは源三を見た。それから碓氷に眼を戻すと、さっと肩をすくめ、碓氷の手にMOを乗せた。

「バックアップはまだ取っていない。映像はそれだけだよ」

碓氷はうなずいて、そのMOディスクをポケットにしまうと、すまねえなと言った。

それから源三に眼をやった。

「あらためて、礼を言うよ。あんたのお陰だ」

「礼を言うのはこっちだ。秋葉原を救ってくれてありがとうよ」

「まるであんたの街のような言い方だな」

「そうさ」

源三は言った。「この街は俺の庭だ」

助かったんだ。これで、本当に何もかも片づいたんだ。

史郎はそう思うと、解放感に叫び出しそうだった。拳銃を撃ったという事実は、何だか遠い過去の出来事のような気がした。

石館とは何度も手を握り合い、芳恵とは何度も抱き合った。芳恵は別人のように愛想がよくなっていた。これも解放感のせいだと史郎は思った。

彼女はしばらくは、悪夢にうなされるかもしれない。だが、目覚めれば、ああ夢でよかったと思えるのだ。

彼らはいったん病院に運ばれて、検査を受けた後に警察の事情聴取を受けることになっていた。

長い一日だったと史郎は感じた。しかし、時計を見て驚いた。まだ、四時を過ぎたばかりだった。エース・コンピュータ館にやってきたのが、一時半を過ぎた頃だった。この出来事は、それからたったの二時間半ほどの間に起こったことだったのだ。

「おい、俺たち、パトカーで病院に運ばれるらしいぞ」

石館が芳恵とともに近づいてくると、史郎に言った。

「パトカーで？」

「救急車が手一杯なんだそうだ。何だか犯人みたいで恰好いいよな」

「ばかね」

芳恵が笑いながら軽く石館を叩いた。

へえ、この二人、いい感じじゃないか。史郎は何だか口惜しくなってきた。

金崎はどたどたと大勢の靴音が近づいてくるのを聞いていた。彼は相変わらず、膝を抱えその膝に額をくっつけていた。

誰かが覗き込んで声を掛けた。

「おい、あんた、だいじょうぶか?」

顔を上げると、機動隊の制服を着た連中が覗き込んでいた。金崎は、おろおろと視線をさまよわせた。何を言えばいいのかわからない。

「もう心配ない。出て来るんだ」

気力がすっかり萎えている金崎は、機動隊員の言いなりだった。狭い空間を這い出ると、機動隊員が手を貸して立ち上がらせた。

金崎は、思考力が麻痺していた。それで、つい心にひっかかっていたことを口に出して尋ねてしまった。

「あの、おやっさんは……?」

「おやっさん？」

機動隊員は同僚と顔を見合わせた。どうやら金崎の正体に気付いたようだ。あらためて、金崎を見ると、機動隊員は言った。

「エレベーターのところに倒れていた暴力団員のことか？　おまえ、組員か？」

「倒れていた……？　おやっさんは、死んだんですか？」

「生きている。命に別状はないそうだ。病院に運ばれたよ」

金崎は、口をぽかんとあけて機動隊員の顔を見つめていた。機動隊員が言った。

「おまえ、組員だとしたら、話を聞かなけりゃならんな。いっしょに来てもらうぞ」

ああ、俺は捕まるんだな。

金崎はそう思った。不思議だが、彼はなぜかほっとした気分になっていた。


「俺は大使館に戻る」

二人きりになると、ベーリは言った。ファティマはうなずいた。

「私もホテルに戻るわ。明日はまたフライトよ。本国に帰るの」

「また、敵同士に戻るんだな」

「そういうことね」

「何というか、その……」

ベーリは言いにくそうに言った。「今回はいっしょに戦えて、いろいろと勉強になったよ」

ファティマは例の神秘的な笑みを浮かべた。ベーリはそのほほえみをいつまでも眺めていたいと思った。

「今度、また私が日本に来たら、あなたが尾行をするのかしら？」

「さあな……。明日はどうなっているかわからない。上司は俺を前線送りにするかもしれない」

「いい経験になるわ」

「そうだな……」

ファティマは、かすかにうなずくとベーリから離れていこうとした。

「ファティマ……」

ベーリは呼び止めた。ファティマが振り返った。

「その……。いつかは、俺たちが仲良く暮らせるような世の中が来るといいな」

「あなたは理想家ね。今の仕事は向いていないかもしれない」

「そうだな……」

「でも、私も同感よ」

ファティマは去って行った。ベーリは人混みにその姿が消えるまでずっと見つめていた。

13

菅井田は、目を覚ましたとき自分がどこにいるのかわからなかった。白い天井。クリーム色のカーテンに囲まれていた。

誰かが顔を覗き込んだ。女だ。そいつも白い服を着ている。

「ここはどこだ？」

菅井田が尋ねた。

「病院ですよ。待ってください。今、先生を呼んできます」

女は看護師だった。病院……。どこでどうなったのか覚えてなかった。医者がやってきて、あれこれいじくり回し、その後に警察官がやってきた。

菅井田と四人の子分が全員検挙されたことを聞いた。

菅井田は、次第に何があったか思い出してきた。そうか。俺は撃たれたんだ。

恐怖と緊張がよみがえった。

舎弟もパクられたか……。

しみじみとした気分だった。菅井田組も終わりかもしれない。

極道は割に合わない。これからの人生、ちょっと考え直してもいいな……。

菅井田は生きていたことを神に感謝し、生まれて初めてそう考えていた。


いずれ、厳しい追及あるいは叱責、さらには処分が待っていると覚悟していた。だが、何も起こらないので、碓氷はかえって薄気味悪く思っていた。管理官も、特に何も言ってこない。

見事に事件を解決したということで、あの管理官と担当の班はおおいに男を上げたらしい。それで気をよくした管理官は、碓氷のことなどどうでもよくなったということのようだった。

面倒なことは闇に葬《ほうむ》るということらしい。さまざまな事実のもみ消しができるという意味では、あの管理官はなかなかのやり手なのだろう。碓氷はそんなことを思った。

まあ、手柄をくれてやったんだからな。おとがめなしも当然だろう。

マスコミの報道も一段落した頃、碓氷は万世橋署に連絡を取って、部下を懸命に助けようとしていた巡査部長のことを尋ねた。彼の名前は覚えていた。沼田という名だった。

彼は警察病院に行っているという。時間があれば、撃たれた北原の容態を見に行くのだそうだ。

碓氷は、警察病院に彼を訪ねてみることにした。

沼田巡査部長が病院を訪れているということは、まだ北原は生きているということだ。無事に回復してくれるといいがと碓氷は思った。一度心停止した場合、脳障害が残ることがある。

受付で尋ねると、北原はまだ集中治療室にいるということだった。意識が戻らないらしい。

集中治療室に行くと、沼田が一人で廊下から中を覗き込んでいた。

沼田は足音を聞いて、碓氷のほうを見た。やがて、はっと気付いたように言った。

「あんた、あのときの……」

「挨拶がまだだったな。警視庁《ホンブ》捜査一課の碓氷だ」

「どうも、沼田です」

「北原といったな、彼……。どうだい？」

「まだ意識が戻りません。医者は予断を許さない状態だと言っています」

碓氷はうなずいて、沼田の隣に移動し、病室の中を覗き込んだ。

「こんなとき、なんだが……、ちょっと気になっていたことがあってな」

「何です？」

「あんた、あのとき、叫んだだろう。あのロシア人のことを撃つな、と……。撃つな、殺してはいけないと。あれは、なぜだ？」

沼田は、碓氷に横顔を見せたまま言った。

「職業意識ですよ。警察官は犯人を殺すのが仕事じゃありません。検挙するのが仕事なんです」

「それだけか?」

沼田はしばらく無言だった。碓氷は沼田の横顔を見た。

「殺してやりたいと思いましたよ」

ぽつりと沼田が言った。それから、また間があった。やがて、沼田は話しはじめた。

「北原は決して気に入った部下じゃありませんでした。でも、部下が撃たれるというのは、そういう普段の気持ちとはまったく違ったことなんですね。私は、ロシア人たちに本気で殺意を抱きました」

「だろうな……」

「北原の心臓が止まったんです。そのとき、私は絶望しました。あれが、本当の絶望だと思いましたね。すると、あのロシア人がやってきて、人工呼吸と心臓マッサージをやって見せたんです。これを続けろ。彼は私にそう言ったようでした。言葉はわかりませんが、仕草でわかりました。私は必死でやりましたよ。そのとき、何というか、私は彼に共感のようなものを感じたんです」

「共感……?」

「ええ、うまく言えませんが、そんな感じです」

「部下を助けようとしたロシア人に借りを感じたのではないのか?」

「そういう感じじゃありません。ましてや感謝などではありません。そう、一種の共感だったのです。なぜかはわかりません」

碓氷は、しばらく沼田の横顔を見つめていたが、眼を集中治療室の中に戻すと言った。

「それは、俺がいっしょに突入したベーリとファティマに感じたものと似ているのかもしれない」

「彼らは何者です?」

「通りすがりのお人好しだ」

急に、集中治療室の中があわただしくなった。碓氷は思わず沼田の顔を見た。沼田の眉間には深く皺が刻まれた。その表情は、不吉な事態を予想していることを物語っている。

碓氷も同じことを感じていた。容態が急変したのかもしれない。

看護師が一人集中治療室を飛び出して行った。その看護師が医者をつれて戻ってくるのを、碓氷と沼田は黙って見つめていた。

医者の緊張した面もち。北原の顔を覗き込み、バイタルを示すさまざまなモニターを眺め、それからまた北原に眼を戻す。そして、何かを語りかけているようだった。

やがて、医者はベッドを離れ、集中治療室から出てきた。碓氷は医者を見つめていた。

沼田が声を掛けた。

「先生……」

医者は、沼田に気付くときわめて難しい顔で言った。

「あなたは、あの患者さんの上司の方でしたね」

「そうです」

碓氷は、その後に続く医者の言葉を聞きたいとは思わなかった。聞く勇気がない。だが、聞かなければならなかった。

医者は言った。

「あの患者は、非常に幸運です」

「え……?」

沼田が、何を言われたのかわからないように医者の顔をまじまじと見つめた。

医者が唐突に笑みを浮かべた。

「意識が戻ったのです。私とははっきりと会話をしました。詳しい検査を待たないといけませんが、おそらくそれほどの脳障害はないと考えていいでしょう」

沼田の表情は変わらなかった。

「短時間ならお会いになってかまいませんよ」

医者は、笑顔でうなずきかけると会釈をして去っていった。沼田はしばらく同じ恰好で立っていた。

それから、ゆっくりと肩の力を抜くと、碓氷のほうを見た。

「奇跡だ……」

碓氷はかぶりを振った。

「そうじゃない。あんたが助けたんだ」

沼田は、顔をくしゃくしゃにした。泣いているのか笑っているのかわからない顔になった。碓氷は、この沼田の顔を一生忘れないだろうと思った。


史郎は、その日も秋葉原に行き、石館が勤めるパーツショップに顔を出した。すっかり常連になっていた。

店長は、二人に近づかないようにしていた。エース・コンピュータ館での出来事を、何回も二人から聞かされていた。おまけに、地上げに来たヤクザのことを隠していたことで、警察に油を絞られたのだ。だから、もうあの事件の話には触れたくなかったのだった。

史郎は、東京に出てきてすぐにひどい目にあった。それも憧れの秋葉原で。このままだと秋葉原に悪い印象だけが残ってしまうと思い、無理にでも足を運び続けた。

今では、あの恐怖も消えかけていた。石館から新しい商品の情報などを聞くのは楽しかった。彼は東京で初めてできた友達となった。

ひとしきり、コンピュータの話をすると石館は話題を変えた。

「大学はどうだ？」

「まあまあだね」

「やめちまえよ、大学なんて」

「どうしてさ。楽しいよ」

「最初のうちだけだよ。そのうちくだらないと思うようになる」

「それは、付き合い方によると思うよ。大学ってのは与えてくれるところじゃない。こちらが求めなければ何も得られない場所なんだ」

「利《き》いた風なことをいうじゃないか」

「ガイダンスが終わったばかりだからね」

石館はふんと鼻を鳴らした。

「それより、彼女とはどうなのさ？」

「芳恵か？　それなりにな……。今夜もデートだけど……」

「それはそれは……」

「なあ、おまえも来ないか？」

「デートだろう？　邪魔したくないよ」

「どういうのかな……。話題がなかなか合わなくってな……。おまえがいてくれると助かるんだが……。彼女も喜ぶと思うよ」

「遠慮しておくよ。話題がないって？　それくらい何だよ。いい女と付き合うのには苦労が必要だって言ったの誰だっけ？」

石館がぶつぶつと何かつぶやいた。

店に誰かが入ってきた。客だろうと思った。外国人だった。通訳らしい女性を連れている。

男は青い眼に金髪。ジーパンをはいて、すり切れたジャンパーを着ている。

外国人の客は珍しくはない。だが、史郎はその顔に見覚えがある気がした。青い眼の男は店内をつぶさに観察している。

その様子を眺めていた史郎は、あっと思った。

「おい、あれ……」

史郎は石館に言った。

「ん……？　彼がどうかしたか？　また銃でも持ってるのか？」

「そうじゃない。あれ、インターメディア社のジャック・スミスだよ」

「まさか……」

石館はじっと外国人を見つめた。そして、放心したような表情になってつぶやいた。

「本当だ……。ジャック・スミスだ……」

アメリカを代表するソフトウェア・メーカーの一つ、インターメディア社の社長だ。店内を一回りしたジーパンにすり切れたジャンパーという姿のジャック・スミスは、カウンターの中にいる店長に近寄って語りかけた。

通訳の声が、史郎と石館のところまで聞こえてきた。

「責任者の方ですか?」

店長はまだ、相手がジャック・スミスだと気付いていないようだ。

「インターメディア社のジャック・スミスです」

店長はそれまで丸椅子に腰掛けていたのだが、飛び跳ねるように立ち上がった。

「うそ!」

「こちらからの、電子メールを受け取り、話し合いにうかがいました」

「ジャ、ジャック・スミス本人が……?」

通訳が店長の驚きを伝えると、ジャック・スミスはにっと笑って何か言った。それを通訳が伝える。

「ここ、秋葉原は私の出発点です。ここへやってくることは、ちっとも苦ではありません。彼はそう申しております」

自家用ジェットでやってくるのだろうから、そう苦ではないだろうなと史郎は思った。

通訳の声が聞こえる。

「さあ、交渉を始めましょうか。そちらの条件をうかがいたいのですが……」

石館は、口をあんぐりと開けていた。

「ジャック・スミスか……」

史郎は思わずつぶやいていた。「やっぱり、秋葉原だな……」

解説

関口苑生（文芸評論家）

物事には原因と結果の間に、必ず何かしらの相関関係がある。

若かりし頃からそう教わってきた身としては、この「道理」に露ほどの疑いも持ったことはなかった。原因があるからこそ、結果がある。実にシンプルで、完璧な方程式だ。世の中の諸事万象、すべてに通用する理屈でもある。

もちろん、小説についても同じことが言える。というより、小説はもともと原因があって結果が生ずることを描くものだった。何かの出来事が起こったときに、どうしてこういうことになったのか、どうしてこんな具合に事態が動いていったのか、その因果の過程を山あり谷ありの展開で明らかにしていくのが小説であったのだ。それではノンフィクションにしても同様だろうか。いや、むしろノンフィクションのほうが、因果関係を説明するのには適しているかもしれない。こちらの場合は出来事の進行状況をミリ単位、秒単位で描き、事細かに説明していく手法をとるからだ。小説はそうした事実関係や、事態の推移経過といった「仕組み」の説明をすると、くどくなりすぎてしまうのだ。それよりも仕組みが動いていくところに接した人間の感情、行動、心理を描いていくほうがはるかに説得力が出てくる。

　がいずれにせよ、こうした因果を描くやり方はアナログ的手法と言っていい。

　その良し悪しはひとまず措くとして、現実の事件、犯罪はただ暑いから殺しちゃったとか、何の脈絡もなくぼこぼこ起こっていくことがしばしばある。ところが、小説では——少なくとも従来型の小説は、冒頭にも記したように何でそうなったかという脈絡を探っていく手法をとる。言ってみれば、現実の事件はデジタルで起こっているにもかかわらず、小説はアナログで書かざるを得ない矛盾が出てくるのだ。これがミステリーとなると、殺人の動機や背景などを丹念に書き、結末ではたとえ屁理屈であっても、オチをつけないと読者はまず納得しない。原因があっての結果を描くわけだから、どうしてもそうなってしまうのだった。

　しかし今野敏は、このアナログ感覚が好きなんだ、と以前インタビューしたときに語っていたものだ。小説とは畢竟《ひっきょう》アナログではないかというのだ。

　そのときに、そう言えばと思ったことがある。彼の小説は、ほとんどすべてが時系列に沿って物語が進んでいくのである。いきなり何かが起こって過去に遡《さかのぼ》り、実はこんなことがあったなどという書き方は一切しない。あくまでも順番に順繰りに、一の次は二、二の次は三という具合に進んで、途中でスキップしたりはしないのだ。ひとつずつエピソードを積み重ねていって、登場人物たちの気持ちを描いていくやり方に終始する。物事があちらこちらで同時進行する場合も同じだ。

その絶好のテキストが本書だろう。

本書の内容を一言で表現すれば、ピタゴラスイッチ小説、もしくは風が吹けば桶屋が儲かる小説ということになろうか。電気街「アキハバラ」を舞台に、ドミノ倒しのごとく、あるいは水面に波紋が広がるがごとく、小さなきっかけから始まった事態が次々と連鎖していき、やがてとんでもなく大きな事件に発展するまでの模様が描かれていくのである。だが、その渦中にあって重要な役割をはたすことになる人物たちが、これがまた何ともヴァラエティに富んだ連中なのだった。

まず最初に登場するのは、イラン航空のスチュワーデスにして、実は情報部の職員でもあるファティマだ。彼女が秋葉原を訪れたのは、担当官から指示された電子部品を購入するためで、これまでにも何度かやって来ていた。だが、ガード下のラジオセンターやラジオストアを物色していたとき、首筋のあたりにぴりぴりした感覚を覚え、誰かが自分を尾行していることに気づく。イスラエルの諜報組織、モサドのメンバーだ。おそらく成田に着いたときからマークされていたのだろう。

それに気づかなかったのは大きな失態で、このままでは自分のプライドに傷がつく。そこで彼女はある行動に移るのだったが……。

次なる人物は、北朝鮮軍情報部のために働く現地エージェントの李源一《イウォニル》だ。本国上層部から、ロシア・マフィアの手引きをしろとの指令を受け、彼らが秋葉原で行なう計画のサポートをすることになるのだが……。

　そのマフィアの頭であるアレキサンドル・チェルニコフは、ソ連崩壊後、KGBが解体され職を失ってから極東へと流れ、商売を始めた。最初は日本の中古車を売りさばく仕事で、これが軌道に乗ると、今度は女を日本に輸出する商売で一気に発展する。そしてこの日は、秋葉原の総合家電店内のコンピュータ専門館を襲い、大量のコンピュータを強奪する計画を実行しようとしていたのだが……。

　冒頭からここまではわずか十二頁ほど。まるで国際謀略小説のような展開で、一体何が始まるのかおよそ見当もつかず、読者は戸惑うばかりになるだろう。何が戸惑うって、スパイやマフィアが秋葉原で買い物だとか、コンピュータ専門館を襲撃だとか、およそ現実感の乏しいストーリーなのである。

　しかしこれが……。

　さて、そんな具合に街がひそかにきな臭くなっているところに現れたのが、大学に入学し、秋田から上京してきた六郷《ろくごう》史郎《しろう》だ。この日、史郎は子供の頃から憧れつづけた秋葉原に初めてやってきた。駅を降りた第一印象はどこか殺風景で、寒々しく感じたが、狭い場所にひしめく店に入って電子部品の数々を見ていると、次第に興奮が高まってくるのを意識する。そうだ、これが秋葉原なんだ。史郎は顔を火照らせながら、次の目的地ラジオ会館に足を向けるのだったが……。

石館洋一《いしだてよういち》は、そのラジオ会館の四階にあるパーツショップの店員だ。彼はその日、朝から不機嫌だった。万引きした中学生をつかまえて親に連絡すると、開き直った母親に逆ギレされて文句を言われたのだ。おまけに、同じフロアのショールームにいるキャンペーンガールが、どうにも気になって仕方がなかった。ライトグリーンのジャンパーに、白いミニスカート。長い髪にちょっと広い額が特徴的で、文句なしの素晴らしい脚をしている。とそこへ、ださい服装の若者が彼女に近づいていったのを目撃するが……。

仲田芳恵《なかたよしえ》は、同じキャンペーンガールのバイト仲間と一緒に、ここはオタクとオヤジと田舎者ばっかだと不貞腐れていた。さっきの田舎オタクなんかもう最悪。鼻息荒いし、にたにたして気持ち悪いし、タメグチだし、本当にばかにしてる。秋葉原なんて二度と来たくないと思うのだった……。

事件のきっかけは、六郷史郎が石館洋一の店を訪れたことから始まる。石館は最初から気に入らなかった。こいつは、さっき俺の好みのキャンペーンガールに話しかけていた奴だ。見かけも気に入らないし、おどおどして明らかに挙動不審。これは万引きの典型的パターンじゃないか……。

かくして六郷史郎は万引き犯と間違われてしまうのだったが、そこへ現れたのが極道の菅井田三郎《すがいださぶろう》だった。菅井田は親の筋からの頼みで、この店の地上げを狙っていた。毎日のように訪れ、あれこれと難癖をつけ、借金で資金繰りに苦しんでいる店主に脅しをかけていたのだ……。

これで一応、事件の核となる主要人物たちが揃うわけだが、ここまでの展開も（同時進行とはいえ）ほぼ時系列に描かれる。

事態が転がる最初の一石は、万引き犯に間違われた史郎がパニックに陥って逃げ出したとき、思わず菅井田の子分が追いかけたことによるものだ。さあここからすべての歯車が狂い始め、誰にも制御できないほどの凄い勢いで「事」が回っていくのだった……。

まさしく、これぞノンストップ・アクション。転がり始めた石はとどまるところを知らず、周囲の人々も巻き込んでどんどんと大きくなる一方となる。何しろあっちで銃撃戦が始まり、こっちで爆発騒ぎが起こり、その間を逃げ回る人がいる。泣き、喚き、混乱状態になる人もいる。警察も駆けつける。だが、一体何が起きているのか、当事者（スパイ、マフィア、ヤクザ、学生、店員）も含めて事の真相は誰にもわかっていない。そんな無茶苦茶な状況の中で――これが下手な作家ならば、交通整理も出来ないまま読者を困惑させるだけになるところだが――今野敏は、そのひとつひとつのエピソードを順番に取り上げながら、そこで右往左往する人物の心理や行動を丁寧に描いていく。

因果の関係、過程を明らかにする際、小説はその「仕組み」を描くのではなく、そこに居合わせた人間の行動や心理を描くと、より説得力が出ると冒頭に書いたが、今野敏の場合はまた特に、人間関係を描くことで読ませる作家だけにこの部分は際立っている。

　何かが起きたとき――たとえば日常生活の中で嫌なことが降りかかってきたり、もっと激しい危機的な状況に陥ったというようなときに、一番ヤバいのは心がぽっきりと折れてしまうことだろう。今野敏の小説はいつも、それを防ぐ方法が何かあるんじゃないか、それに負けない生き方が何かあるんじゃないかを描いてきたように思う。そうした上で、人間関係って捨てたもんじゃないぞと訴えてきたのだった。

　本書もまったくその例に洩れない。勝手な誤解から始まったとはいえ、最初は史郎を敵視していた石館も、本物の銃弾が飛び交い、人が撃たれ、時限装置付きの発煙筒が発火し、人々が逃げまどう中、史郎とふたりでトイレに隠れ、話しているうちに分かり合えるようになる。そしてこの事態を打開する方法が何かあるんじゃないかとの方向に進んでいくのだ。

　ヤクザの菅井田にしても、一般人に対して暴力をふりまくことが自分たちの存在価値だとし、どこにいても誰にでも傍若無人に振る舞うことを信条としていた。いや、そのために極道になったようなものだった。周囲が自分を恐れるのを見るのが、何より心地よかったのだ。ところが子分がマフィアに撃たれて重傷を負うと、彼は残った者にこいつらの世話をしろと言い放ち、自分ひとりで向かっていこうとする。そのときに、一の子分も一緒についていくというのだ。ここでのふたりのやりとりが、ぐっと胸に迫ってくる。

「こいつは何の得にもならねえことだ。今時のヤクザのやるこっちゃねえ」

「今時のヤクザじゃねえから、これまで付いてきたんです」

ところだ。また警察関係者を含めて、当事者となった連中もそれぞれ次第に変化が見られるようになってくるのだった。何が始まったのかわからなかった事件当初は、互いに撃ち合うほどの敵対関係であった者同士が、やがてさまざまな場面場面で共感を覚えたり、助け合ったりする姿も描かれる。よくよく考えてみれば不思議な光景なのだが、こうした人間関係の微妙さと、そこで醸し出されるほのぼのとした温かさが、今野敏の味わいでもある。言ってみれば、こんなヒューマンな活劇小説は彼にしか書けないだろう。


小説は概ね、事実、虚構、感情の要素で成り立っているものだが――夏目漱石の文学評論風にいうと「F＋f」、ファクト、フィクション、フィーリングだ――本書を例にとると、事実は事実で秋葉原の街の歴史であったり、現在の客層であったり（スパイかどうかはともかく、外国人が電子部品を買いに来ることはしょっちゅうだ）、警察組織の動き方、爆発物専門のS班の動向などであったりと、これらの事実＝事柄を順序や強弱や緩急を考えてどう描くていくか。虚構は虚構で、事実を超えるような衝撃的で感動的で興味引かれる面白い事柄を、どうやって生み出し、それを配列から何からどんなふうに描いていくのか。現実の街「秋葉原」と、本書の「アキハバラ」との相違でもある。そして感情は感情で、その時々の人間の悲哀や悽愴さといった思いを、いかなる形に表現するかで物語の様相はがらりと違ってくる。

　今野敏はこの感情部分においても、小説のアナログ感覚を重視している。というのは、もともとアナログの語源はアナロジー、類推するということであるらしい。そこで彼が言うには、小説は常に類推しながら進めていくものだというのだ。たとえば、主人公に自分の経験を託すことはよくある。だが、物語の中でその主人公が何を信じ、どう思い、どう考え、どう行動するかは類推するしかない。

　そのまだるっこさもアナログの魅力なのであると。六郷史郎は、かつての今野敏の分身でもある。北海道にいた頃、アマチュア無線の雑誌を読んでいると、そこには常に秋葉原のことが書かれてあった。それを読んでいた今野少年は、強烈な憧れをその街に抱いていたのであった。それもまた本書の原点である。

　今回、碓氷弘一部長刑事の出番は他のシリーズ作に比べてちょっと少ないが、それだけにかえって鮮烈で、かつまた凄いことになっている。

　ともあれ、本書――いや本シリーズは、今野敏のあまたある著作の中でも、際立って彼の特徴が表れているものだと思う。

二〇一六年四月

本書は、中央公論新社より刊行された次の作品を改題・改版したものです。
『アキハバラ』単行本版　一九九九年四月刊
ノベルス版　二〇〇一年十一月刊
文庫版　二〇〇四年二月刊

中公文庫

新装版《しんそうばん》
アキハバラ
――警《けい》視《し》庁《ちょう》捜《そう》査《さ》一《いっ》課《か》・碓《うす》氷《い》弘一《こういち》2

2004年2月25日　初版発行
2016年5月25日　改版発行
2019年7月30日　改版4刷発行

著　者　今《こん》　野《の》　敏《びん》

発行者　松田陽三

発行所　中央公論新社
〒100-8152　東京都千代田区大手町1-7-1
電話　販売 03-5299-1730　編集 03-5299-1890
URL http://www.chuko.co.jp/

DTP　ハンズ・ミケ
印　刷　三晃印刷
製　本　小泉製本

Published by CHUOKORON-SHINSHA, INC.
Printed in Japan　ISBN978-4-12-206255-9 C1193